警視庁公安0課 カミカゼ

神島幻影

矢月秀作

JN031719

双葉文庫

目次

神島幻影

警視庁公安0課　カミカゼ

登場人物

瀧川達也　三鷹中央署の三鷹第三交番の警官だったが「刑事の匂いがしない者」として公安0課に引き抜かれ、やむなく作業班員に。任務の度に「終われば希望する少年課へ異動させる」と言われるが、いつも実現しない。

藪野学　同・作業班員。潜入のエキスパート。卓越した判断力と生への執着で数々の死地から生還。

白瀬秀一郎　同・作業班員。一見派手で軽薄な色男だが、情報収集と分析では驚異的な手腕を発揮。

今村利弘　同・作業班主任。上層部の指令とあらば、仲間ですら平然と利用する非情なベテラン捜査官。

鹿倉稔　警視庁公安部長。極秘で動く公安0課の詳細を知る唯一の人物。

舟田秋敏　三鷹第三交番で瀧川の先輩だったベテラン警官。公安0課に引き抜かれそうになった過去を持つ。

有村綾子　娘の遙香をひとりで育てるシングルマザーの書店員。幼なじみの瀧川に想いを寄せる。

プロローグ

山陽日報の小野喜明《おのよしあき》は、瀬戸内海にある神子島《かみこじま》という小さな島を訪れていた。

深夜二時、離島には不似合いなきれいに舗装された山道を、住民に借りた軽トラックで上っていく。街灯も設置され、道路はオレンジ色の灯りに照らされていた。

小雨の降る中、小野は正面を見据え、指定された場所へ向かっていた。

神子島は岡山県と香川県の間にある人口百人程度の小さな島だ。小豆島や淡路島とは違い、定期連絡船もなく、住民は自家用船や海上タクシーを使って、本島や四国を行き来する。

地場産業は主に漁業や海苔の養殖で、高齢化が進み、島唯一の小中学校も廃校となっていた。

何もない小島だが、観光客はぽつぽつと訪れる。

ここは全国でも珍しく、島内に県境がある。また、古墳時代の遺跡もあり、境界マニアや遺跡マニアには人気の場所だった。

しかし、ここ数年、島の様相は大きく変わり始めている。

十年ほど前、島に上陸した十数名の若者グループが楽しんでいたバーベキューがきっかけで、島内の山の七割が消失するという大規模な山火事が起こった。

幸い、集落は無事だったものの、山肌で栽培していたオリーブや柑橘類の木々は焼失してしまい、島民は貴重な収入源を失うこととなった。

当初、消火された山は放置されていたが、五年ほど前から重機や資材が持ち込まれ、県境付近の整地が始まった。

小野は、山火事の取材をきっかけに、神子島のその後の推移を定期的に取材していた。

初めは、整地作業は単なる県境の確認作業だと思っていた。

が、現場に出向いてみると、単純な整地作業でないことは一目でわかった。山肌を切り開き、広大な平地を作っている。

なぜ、定期船もない離島の山に平地を作っているのか。

気になった小野は取材を続けた。

そして、四年前、〈アノングループホールディングス〉が山ごと購入していることをつかんだ。

アノンGHDは、国内最大手の人材派遣会社だ。

二〇〇〇年代初めに規制改革が叫ばれた時代、政府と組んでうまく時流に乗り、一気に最大手にまで成長した企業である。

今は、人材育成やスタートアップ企業への投資なども積極的に行ない、さらなる成長を続けている。

そんな有名企業が何事か……と気になり、そのまま取材を続けていると、三年前、アノンが本社機能の神子島への移転計画を進めているという話が飛び込んできた。

にわかには信じ難かった。

定期連絡船もない離れ小島に一流企業の本社が丸ごと移転する。いくら、地方分散が進みだした世情とはいえ、選択肢としてはどうなのかと首をひねった。

小豆島のように連絡船が多い場所や明石海峡大橋が架かっている淡路島のような島ならともかく、不便極まりない離島に移転するのはデメリットの方が多いだろう。

しかし、取材を進めるほどに、アノン本社の移転話は絵空事でないこともわかってきた。

二年前、アノンＧＨＤの中枢に近い人物からオフレコで話を聞き、移転話が本物だと確信した。

当時はまだ、噂はあったものの本気にしている者はほとんどいなかった。

すっぱ抜けば、大スクープだ。

小野は当時、五十五歳。定年も肌身で感じる年齢となっていた。

大学を出てすぐ山陽日報社に入社し、記者として一線に立ち続けた。

昇格の話も断わり、現場にこだわった。

取材の邪魔になると思い、家族も持たなかった。

すべては、人生を変えるほどの大スクープを世に送り出し、ジャーナリストとして名を遺すためだ。

いろんなものを犠牲にして、ただひたすら、スクープを追い求めてきた人生。それがようやく報われる時が来た。

が、小野は記事にするのを躊躇《ちゅうちょ》した。

アノンGHDがなぜ神子島を選んだのかがわからなかったからだ。

多数の関係者に取材をしたが、選定理由がどうしても判然としなかった。

三十三年、記者一筋で現場を回っていた小野の〝勘〟が疼いた。

何かある……。

こう感じる時、逸って記事にするのは危険だ。

一見、いいニュースに見えて、その裏にはとんでもない闇が隠れていることもある。

万が一、裏付けを取れなかった部分に大きな問題が隠されていれば、メディアが悪の片棒を担ぐことになる。

ジャーナリストとしてもっとも忌むべき事態だ。

一方で、慎重になり過ぎれば、他の誰かにすっぱ抜かれ、一世一代のスクープを逃すことにもなりかねない。

逸《はや》る気持ちと良心の間で、小野は激しく葛藤した。

じりじりとして、移転理由がつかめないままさらに二年が過ぎた。

そろそろ、他の報道関係者もアノンＧＨＤの動きに気づき始めていた。専従で取材に回る同業者も出始めていた。

スクープギャンブルをするかどうか、決断しなければ……と覚悟を決めかけていた時、ついに最高幹部の一人と会う段取りがついた。

場所は、神子島の工事現場。深夜二時過ぎという時間指定に一抹の不安を感じたが、ここで退いては、取材を始めてからの五年間が無駄になる。

伸るか反るか、踏み込まなければ、肝の情報は得られない。

もうすぐ、五十八歳になる。定年退職まであと二年。ここでつかむかつかまないかで、その後の人生が大きく変わる。

何も成せないまま生きながらえるなら、何かを成して死にたい。

ジャーナリスト小野喜明として――。

終始、自分を奮い立たせているからか、ハンドルを握る手は汗ばんでいた。自分でもわかるほど、呼吸も速くなっている。

門柱を取り付ける予定の柱を抜けると、整地された広大な敷地に出た。

建物はまだコンクリートの外枠のみだが、全体の配置や大きさがわかるほどにできあがってきている。

敷地内には、ダンプカーやミキサー車、他の重機、足場や建物の建築資材が散在していて、砂山も点々としている。

敷地全体が、ほんのりとしたオレンジ色の明かりに照らし出されていた。

小野は本社屋となる予定の正面のビルに軽トラのフロントを向け、停まった。

パッシング二回を三度繰り返す。それが、情報提供者との合図だった。

ヘッドライトを落とし、エンジンを切って、車の中から周りを見回す。

人の気配がない。

しばらく待ったが、パッシングに対して、何ら応答はなかった。

「担がれたか……？」

小野はつぶやいた。

取材をしていると、こういうことは何度となく経験する。

ただ単に探り回る者をからかってやろうという類のものもあれば、呼び出して誰が来るのかを監視し、敵を見定めようとする者もいる。

まれに、取材をやめさせるべく、暴行を加えようと企む輩もいるが、そこは長年の経験と勘で回避していた。

今回も多少の危うさは感じていたが、危険を察知したらすぐ警察に連絡を入れられるよう、短縮ダイヤルに110番を登録した携帯電話をジャケットの右ポケットに忍ばせていた。

スマートフォンとは違いボタン式なので、ポケットの上から叩けば、すぐつながる。デジタルは便利だが、時にアナログの方が役立つこともある。

小野はしばらく様子を窺った。

だがやはり、気配はなくシンと静まり返っている。

「やられたな」

舌打ちして苦笑し、エンジンをかけようとした。が、その手を止めた。

せっかく、建設中の現場に来たのだ。実態を見ておくのもよかろう。

知りたいという欲が湧いた。

小野はグローブボックスから赤外線カメラを取り出した。ドアを開け、周囲に神経を張り巡らせ、車を降りる。

さっそく建物の全景を撮り、建物の外壁を回っていく。

特段、めずらしいビルではないものの、かなり大きな建物だということはわかる。

「こんなものが集落と瀬戸内海を見下ろす場所にそびえるのか……」

何の裏もなく、本当に地方創生の一環としての本社移転なら、企業の在り方を変える一大事業となるに違いない。

そうあってほしいと願いつつも、やはり、喉に刺さった小骨のような気持ち悪さが拭えない。

小野は建物を一周し、元の場所に戻ってきた。人がいる様子はまったくなかった。建物を見上げる。

ここまで来たら、中も見なければもったいない。

建設途中の建物でも、許可なく踏み入れば不法侵入の罪に問われる。

法を犯したくはないが、真実を炙り出すには、時に非合法手段を取ることもやむを得ない。

小野は意を決して、一歩踏み出した。

その時、建物の奥で何かが光った。

小野が双眸《そうぼう》を見開いた。

眉間に穴が開いた。後頭部が弾け、パッと血幕が四散する。

貫通した弾丸が車のフロントガラスに食い込み、蜘蛛の巣状に割れた。そこに飛び散った血肉と脳みそがびしゃりと張りつく。

小野はゆっくりと仰向けに倒れていった。後頭部から噴き出す鮮血が、頭部の周りに血だまりを作る。

わずか一発の銃弾で、小野の三十五年の記者人生はあっけなく終わった——。

第一章　長期潜入

1

瀧川達也《たきがわたつや》が身を置いている東京・三鷹《みたか》の中華食堂〈ミスター珍〉に客はいなかった。

店を手伝っていた瀧川は、布巾でテーブルを拭いて顔を上げた。ドア口の方を見やり、ため息をつく。

まだ、午後一時を回ったところ。午前十一時から店を開けているが、正午過ぎに五人ほどの客が来ただけで、近隣の会社の昼休みが終わると、パタリと客足は途絶えた。

「達也くん、今日はもういいよ」

「まだ、昼休みじゃないですけど」

「見ての通り、今日も暇だからさ」

小郷泰江《おごうやすえ》は店内を見回し、口をへの字に曲げた。厨房にいる小郷哲司《てつじ》は、椅子に座って新聞を読んでいた。

「じゃあ、お言葉に甘えて」

瀧川はエプロンを取り、畳んで、テーブルの端に置いた。

「あ、おばさん。家賃のことなんだけど、三万はさすがに安いから、もう少し――」

「その話はなし。このままでいいから。早く休みな」

泰江が話を打ち切る。哲司は新聞に目を向けたままだった。

瀧川は二人を一瞥《いちべつ》し、二階へ上がった。

畳に座ると、思わず深い息が漏れた。そのまま畳んだ布団を枕に、仰向けに寝転がる。

膝を立てた脚を組んで後ろ頭に組んだ手を添え、天井を見つめた。

新興政治団体ＭＳＬＰの東京壊滅計画阻止から半年、また瀧川は自宅待機を命じられていた。

その間、毎日、ミスター珍の手伝いをしている。本当に自分は警察官なのか、疑いたくなるような日々が続く。

潜入捜査から解放された後、舟田《ふなだ》の勧めもあり、一、二カ月はのんびりしようと思っていた。

その間、行けるようなら、有村綾子《ありむらあやこ》、遙香《はるか》母娘を連れ、二泊三日で旅行に行く計画も立てていた。

今度こそ、行けるはずだった。

しかし、間の悪いことに、全国で新型コロナウイルスの感染が爆発的に広がり始めた。

外出自粛要請がかかり、旅行計画は当然、頓挫。ミスター珍も営業自粛を余儀なくされ、夏前まで休業していた。

綾子が働く隆盛堂書店《りゅうせいどうしょてん》も休業したため、自宅待機となった。

遙香の小学校でも登校停止となり、小郷夫妻と有村母娘、瀧川は五人で静かに暮らすこととなった。

瀧川は、毎日毎日家にいて申し訳ない気持ちだったが、意外にも、他の四人は喜んでいた。

小郷夫妻は店を開いてこのかた、一日も休んだことがなかった。助成金も出るし、命の洗濯だと言い、ことのほかのんびりしている。

綾子は、店の存続が気になりながらも、溜まっていた疲労を回復させるいい時間となっていた。

最も喜んでいたのは、遙香だった。

学校が休みになったのもうれしかったようだが、何より、母とずっと一緒にいられることを喜んでいた。加えて、瀧川や小郷夫妻とも長い時間、同じ場所にいられる。

遙香にとって、家族と共に過ごす時間は何事にも代えがたい幸福だった。

瀧川にとっても穏やかな時間は貴重だった。

久しぶりに仕事を忘れた。

人々が変わらない生活を営む市井《しせい》の空気に身を置いていると、これまで関わってきた事案は本当にこの日本で起こった出来事なのだろうかと思えてくる。

自分が本当に公安部員なのかも、曖昧になってくる。

このまま、幻で終わってくれれば……と強く願う夜もあった。

今は綾子の職場も遙香の学校も、店も再開している。少しずつ日常が戻ってきている感覚はあるが、以前の日常とは程遠い。

階段を上がってくる足音がした。

瀧川の部屋の前で止まる。

「達也君、ちょっといい？」

綾子だった。

「いいよ」

返事をして、体を起こした。あぐらをかいて、廊下に顔を向ける。

ドアが開き、綾子が入ってきた。

「寝てた？」

「いや、ぼーっとしてた。早かったな」

「暇だからね」

綾子は鞄を置いて、瀧川の対面に座った。

「お客さんは戻ってこない?」

「少しずつ増えてきてはいるけど、コロナ前のようにはさすがに、ね」

力なく微笑む。

閉店寸前だった隆盛堂書店は、コロナによる営業自粛でいよいよダメかと思われた。が、苦肉の策で本の宅配を始めたところ、巣ごもり需要が予想以上にあり、業績は少しずつ回復し始めている。

かたや、来店客の戻りは鈍く、綾子のような店頭を担当している社員の仕事は減っていた。若い社員の中には、宅配要員へ配置換えされた者もいる。

本意ではないだろうが、コロナ禍で失業者が増える中、我を通して職を失うわけにもいかない。

何より、社長以下、綾子たち社員にとって最も大事なことは、職場をなくさないことだった。

そのために力を合わせて、難局を乗り切ろうとしている。

特に綾子は、父が書店経営に失敗して過労の末に命を落とし、生まれ育った町を離れなければならなくなったというつらい過去を持つ。

それだけに、隆盛堂書店を守るために、誰よりも知恵を絞り、体を動かしていた。

「宅配の方は手伝ってないのか?」

「うん、そっちは専従がいるから。仕事、取っちゃうことになるでしょ」

「シェアしてるのか？」

「そういうわけじゃないんだけど、仕事の絶対量が少ないから、あまり一人ががんばりすぎると、それでできちゃうんだってなっちゃうでしょ。そうすると、辞めなきゃならない人も出てくるから。コロナが収まったらまた人手が必要になる。その時のために、今は一人でも多く繋いでおきたいと思って、みんなで話し合って決めたの。社長も了承済みよ。だけど、店員だけが多いってのもお客さんが入りにくいでしょ？　だから、暇なときは交代で早く上がるようにしたのよ。その分、お給料は減っちゃうけど」

そう話して苦笑する。

新型コロナウイルスの蔓延は、社会の在り方を根本から変えている。

隆盛堂書店も、今は以前の業態と新業態を並走させ、生き残りを図っているが、いずれ新業態へ移行せざるを得なくなるだろう。

その時、今働いている人たちの中で、どの程度の人たちが必要とされるのか。

綾子も口には出さないが、たまにバッグの中にＩＴ関係の書籍を見かけることがある。それなりに不安と危機感を持っていることが伝わってくる。

瀧川とて、他人事ではない。

人と人との接触が遮断され、顔も合わせず通信で簡単に繋がる時代。犯罪も多様化し、これまでは想像もできなかった事案が出てくるようにもなっている。

ＩＴ関連の情報は、プロ並みの知識でなくても、見て聞いてすぐわかる程度には精通しておかなければならない。

通信は簡単に国境を越える。それは一般市民に恩恵をもたらすだけでなく、犯罪者も利する。

知識不足は即、犯罪者の後手に回ることを意味する。そうなれば、守れたはずの人たちも守れなくなる。

それだけは、絶対に避けなければならない。

コロナで世の中が停滞していた一時、仕事を忘れられた。が、世の中が動きだすと、思考はすぐ仕事に向いた。

忌々しいが、仕方のない事実だ。

公安部から解放されるまで、あと一年を切った。ようやく希望している少年課に異動できる。

このまま何事もなく終わってくれることを望むが、そう都合よくはいかないだろう。

であれば、現場に赴いても生きて帰ることも考えておかなければ——。

「達也君、聞いてる？　達也君！」

「あ、ああ、すまん」

「また、仕事？」

「いや、何も連絡はないよ」

瀧川は愛想笑いを返した。

「なら、いいんだけど」

怪訝そうな目を向ける。

「本当に、何もないって。で、話って？」

「もう。ちゃんと聞いてね」

綾子は頬を膨らませて瀧川を睨むと、一つ息をついて、改めて話を始めた。

「遙香がね。私立中学を受験したいというのよ」

「ああ、もう五年生も終わるもんな。来年は六年生か。早いもんだなあ」

「うん。あっという間」

「で？　学費の問題か？　それだったら、俺がなんとかするよ」

「それは大丈夫。少しずつ貯めていた分があるから。それより、やっぱり、片親というのはハンデにならないかなと思って……」

綾子の声が小さくなる。

「この頃は、シングルマザーの家庭も増えてるし、そうしたことで差別するのはコンプライアンス的にもないと思うけど」

「私もそう思うんだけど、どうせ受験するなら、ベストな状態を作ってあげたい。だからね、達也君」

綾子は顔を上げ、まっすぐ瀧川を見つめた。

「籍を入れてくれない？」

目の奥に決意がにじむ。

「それはかまわないぞ」

「本当に！」

綾子の瞳が輝く。

瀧川は大きく首肯した。

「待たせてはいたが、俺もそのつもりだった。コロナのおかげで、三人で暮らしても問題ないこともわかったしな。ただ、もう少し待ってくれないか」

「やっぱり、嫌？」

「そうじゃない。俺も、今すぐにでも綾子や遥香と本当の家族になりたい。けど、片づいていない大きな問題がある」

「仕事のこと？」

「そうだ」

瀧川は即答した。

「詳しいことは話せないので、君も納得しづらいと思うが、今の部署にいる限り、君たちまで危険にさらすことになりかねない。それはさすがに心苦しい」

「私なら大丈夫。遙香だって――」

「綾子」

静かに見つめる。

「俺が戦っている敵は、君たちの想像をはるかに超える相手だ。一般社会の感覚も常識も通用しない。だから、あと少し、待ってほしい」

「それじゃあ、間に合わない」

「間に合うようにする。今の部署を離れる算段が付いたら、すぐにでも籍を入れよう。それで――」

「もう、いいよ」

綾子は言葉を遮った。立ち上がって鞄を取る。

「やっぱ、嫌なんだよね」

「そうじゃない！」

「いいって。無理を言ってごめんなさい」

綾子は言い、ドアノブに手をかける。

「ちょっと待て！　俺の話を――」

瀧川は立ち上がった。

と、スマートフォンが鳴った。着信音が黒電話のベル。この音に設定しているのは、あの男だけだ。

瀧川はつい立ち止まり、スマホを見た。その間に、綾子は部屋から出て行った。

綾子の残像を見つめる。ベルは鳴り続ける。

「……くそったれ！」

瀧川はスマホをつかみ取った。

画面に表示されているのは、警視庁公安部公安0《ゼロ》課主任の今村利弘《いまむらとしひろ》の名前だった。

2

深夜一時、藪野学《やぶのまなぶ》は京都、梅小路公園の芝生広場にいた。

正面に京都水族館があり、鉄道博物館にも近いこの場所は、昼間は多くの若者や家族連れで賑わっている。

しかし、施設が閉まり、夜も更けると、嘘のように人影はなくなり、ひっそりと静まり返る。

藪野はそこで、富安《とみやす》という男と会うことになっていた。

富安は元西比良《にしひら》組の若頭だ。今は組の解散と共にカタギとなって過ごしている。

藪野は西比良組の元組長、安西春一《あんざいしゆんいち》の行方を追っていた。

日本最大の暴力団山盛会《やまもり》の二次団体である西比良組は京都に拠点を構える指定暴力団だった。かつては近畿一円に名を馳《は》せ、まだ五十歳になったばかりだった安西は、山盛会の次期会長になるのではないかと目されるほどの実力者だった。

しかし、その若さが災いした。

跡目争いで古参の重鎮たちと揉め、山盛会が分裂。安西は反主流派のトップとなったが、主流派に切り崩され、たちまち新組織は弱体化し、西比良組を解散するまでに追い込まれた。

警察に解散届を出した後、安西は姿を消した。

そのこと自体に問題はない。裏社会を生きる者は失脚すれば居場所を失う。生死も定かでない者も多い。

散々非道を繰り返した者がどうなろうと、藪野たちの知ったことではないが、別件である場所に潜り込んでいた作業班員から、気になる情報がもたらされた。

元西比良組組長の安西が、新たな組織を立ち上げ、復権を狙っているのではないかという話だ。

組織犯罪対策部第四課に確認したが、同課では安西のそのような動向はつかんでいなかった。

眉唾ものの話かと思ったが、公安部の作業班員からもたらされた情報であるため、確認が必要だった。

その要員として駆り出されたのが、藪野だった。

面倒な話ではあったが、これまでのテロ組織との戦いと比べれば、子供の使いのような仕事だ。

さっさと済ませて、休暇を取ろう。

藪野はそのくらい気楽に構えて、捜索を始めた。

が、いざ、着手してみると、思ったより厄介な案件だった。

初めは、元西比良組の組員に当たっていけば、一人ぐらいは安西の行方を知っている者がいるだろうと踏んでいた。

しかし、接触できた元組員たちからは何の情報も得られなかった。

さらに面倒なことに、解散時、二百人余りいた組員のうち、約半分の百人が、安西と同じように姿を消しているという実態が見えてきた。

百人もの部下が安西に付き従っているとすると、新組織を結成して復権に向け動いているという情報も信憑性を帯びてくる。

一週間もあれば終わるだろうと思っていた仕事が、二カ月経っても終わっていなかった。

そしてようやく、安西の動向を知っていると思われる富安にたどり着き、直接会う段取りが取れた。

富安が知っていれば、あとは安西の所在を確認して終了だ。

広場の西端にある野外ステージのあたりで待っていると、大宮通の方から、公園には似つかわしくない大柄で坊主頭の男が姿を現わした。周りを見回しながら、肩で風を切りガニ股で歩いている。

見るからに、カタギではない。

藪野は男を直視した。

男は藪野の視線に気づき、近づいてきた。

一メートルほど手前に来たところで、藪野から声をかけた。

「富安さんか？」

「おまえか、岡野《おかの》っちゅうのは」

眉間に縦皺を寄せ、ぎろりと睨む。

藪野は〝岡野〟という偽名で、元組員たちに会って情報収集をしていた。

「すんませんな、わざわざ出向いてもろて」

藪野は関西弁を使った。正しくは関西弁ふうの口調だ。地元の者からすれば、細かいイントネーションが違うのだろうが、ある程度、違和感なくしゃべれるように訓練は受けている。

「そこいらで飲んどったからええんやが。安西さんを捜しとるらしいな。何の用や？」

「紹介してくれた人から聞いてると思いますが、自分、フリーライターで、山盛会の分裂騒動を取材しとるんですわ。で、どうしても安西元組長の話を聞きたいと思いまして」

「われ、親父にまだ恥をかかせる気か？」

富安が大きく一歩踏み出し、迫ってきた。なるほど、一線で身体を張っていた人間だけあって、威圧感がすごい。

藪野は少し後退し、怯えたふりをした。

「そやないんです！　西では名の知れた大組織、西比良組を率いた人や。このまま、ただ戦争に負けて老舗の組を潰した人なんて汚名を着せられたまま消えていいはずがあらしません」

「今さら、ほじくり返すな、ぼけ」

「ほじくるんやないです。安西さんほどの人なら、最後、自分一人になっても徹底抗戦したでしょう。やのに、新組織も自分の組も解散して身を引いた。なかなかできることやおまへん。何を考えて、何を決断したんか、本人さんの口からどうしても聞いてみたいんです。安西さんがこのまま、ただ戦争に負けて老舗の組まで潰したヘタレと思われるんはやれんですから」

「親父がヘタレやと！」

太い声で怒鳴り、気色ばむ。

藪野は二歩後退りをした。

「ちゃいますて！　自分は安西さんをヘタレやなんて思うてません！　せやけど、山盛会のもんは、そないな噂流してまっせ。富安さんはええんですか？　安西さんがヘタレ呼ばわりされてるのを放置しといて」

藪野が切り返す。

富安は拳を握り、奥歯を嚙んで、怒鳴り出しそうな声を飲み込んだ。

藪野は怯えているふりを続けつつ、内心、ほくそ笑んでいた。

話しながら、富安の人となりを探っていた。

カタギになったと聞いていたが、態度や言葉遣いをみると、極道気質は抜けきっていなかった。

最初から威嚇するように睨んでくるあたり、単純で直情型の人間だろうとアタリを付けた。

そこで、わざと煽《あお》るような言葉を盛り込んだ。この手の人間は、感情を揺さぶれば、こちらのペースに持ち込めるからだ。

はたして、富安は藪野の導く通り、怒り、苛立ち、言葉を受け止めた。

「安西さんが記事にせんといてくれと言うならそうするつもりです。ほじくり返すような真似もしませんし、まして、恥かかすようなことは絶対にしません。ただ、安西さんの名誉だけは守りたい。それだけなんですわ、正味の話」

どんどん言葉を浴びせる。

安西を立てたいという言葉が、富安の胸に染みていく様が手に取るようにわかる。

藪野は岡野名義の名刺を出した。

「そうは言うても、初見の自分なんか信用できんでしょうから、納得いくまで調べてください。で、富安さんがええと思うたら、安西さんに取り次いでください」

名刺を無理やり握らせる。

「自分、三日でも四日でも、一週間でも一カ月でも待ちますんで。よろしゅうお願いします」

藪野は深々と腰を折った。

「遅うにこんなとこまで来てもろて、ありがとうございました。失礼します」

もう一度深く一礼し、七条入口広場の方へ歩きだした。

背中に、富安の視線の圧を感じる。

遊歩道を進み、緑の館を横切って右に曲がったところで、富安の圧が消えた。視界から外れたようだ。

藪野は背を向けたまま、ポケットからスマートフォンを出した。

今村に連絡を入れる。

「……今村か？　俺だ。今しがた、富安と接触した。ああ、ヤツは何か知ってるようだな。他の者に見張らせて、尾行させせろ。うまくいきゃあ、二、三日のうちに富安が安西のところへ案内してくれるだろうよ。俺は、せっかくなんで、京都観光でもしながらヤツからの連絡を待っとくよ。部長にもそう伝えておいてくれ。じゃあな」

一方的に話し、今村の返事を待たずに電話を切った。

歩きながら、大あくびをする。

一杯飲んで帰ろうと思ったが、さっさとホテルに戻って寝るか――。

藪野はもう一度あくびをし、七条通を西に向けて歩を進めた。

3

今村に呼び出された瀧川は、半年ぶりに警視庁の本庁舎に顔を出した。

受付ではマスク姿の目元に笑みを覗かせていたものの、廊下を進むほどに気が重くなってくる。エレベーターに乗り込む頃には、完全に笑顔が消えた。

静かに三階の公安部フロアへ上がっていく。ドアが開く。重い足を一歩踏み出す。

「死人のような顔してるね」

横から声がかかった。

背の高い男が立っている。同じ作業班員の白瀬秀一郎《しらせしゅういちろう》だ。ブルーのマスクには、有名ブランドのロゴが入っている。

「お久しぶりです。白瀬さんも今村主任に呼ばれたんですか？」

「いや、僕は仕事を終えて戻ってきたところ。報告を終えたら、今日から休暇だよ」

「そうですか。お疲れさんです」

「君はこれから？」

白瀬が訊く。

「話を聞いてみて、ですけど」

瀧川が返す。

瀧川は、鹿倉稔《かくらみのる》公安部長との話し合いで、少年課への異動までの期間、仕事を引き受けるかどうか選ぶ権利を有している。

嫌だと感じる任務は断わってもいい。

三鷹中央署で世話になっていた舟田秋敏《あきとし》の尽力もあって勝ち得た、瀧川だけに与えられた特権だった。

「いいねえ、君には断われる権利があって。僕なんか、連絡が来た瞬間から問答無用に潜らされる」

白瀬が苦笑する。

「すみません……」

「別に、君のせいじゃない。余計なこと言ってすまなかったね」

「いえ」

愛想笑いを覗かせる。

「まあ、断わるには胆力いるから、しっかりな」

白瀬は瀧川の背中を叩いた。

瀧川はちょっと息を詰めるが、笑顔を崩さなかった。

この部署で心を許せるのは、この白瀬と藪野だけ。白瀬は大事にしたい一人だった。

白瀬と並んで、部屋に入る。と、正面に今村がいた。

「久しぶりだな、瀧川。元気にやってたか？」

「まあ、それなりに」

「それはよかった」

笑顔を見せる。が、目はじとっと瀧川を見据えていた。

「白瀬も一緒か。ちょうどよかった。二人、第三会議室で待っていてくれ」

「僕もですか？」

白瀬が目を丸くする。

「おまえもだ」

今村は即答した。そして、近くにいた部員となにやら話し込み始めた。

「なんで、僕まで……」

白瀬は仏頂面で左手にある会議室へ歩きだした。

落ちた肩を気の毒そうに見つめ、瀧川も続く。

作業班員の任務は心身をすり減らす。一つの任務を終えた後は、十分な休養も必要だ。

その機会を奪われるかもしれない状況に落胆する気持ちは痛いほどわかる。

会議室に入り、二つ椅子を開けて、横並びに座る。

一応、二人とも、コロナ禍のソーシャルディスタンスは身についていた。

白瀬のため息が何度も聞こえてくる。かける言葉が見つからない。

沈黙の中、ドアが開いた。今村が一人で入ってくる。

「二人ともご苦労」

手にはファイルを持っていた。

ゆっくりと入ってきて、対面のテーブル前の椅子に腰かけた。ちょうど白瀬と瀧川の真ん中あたりだ。

「白瀬、報告書は読んだ。ご苦労だった」

「ありがとうございます」

白瀬が頭を下げる。

今村利弘は主任として、鹿倉部長の下で作業班員の管理を担当している。部長と共に、公安部の中で最も食えない男の一人だ。

今回、瀧川は、本当に引き受けきれない任務であれば断わるつもりでいる。

しかし、今村は毎回、あの手この手で、瀧川が断われないように話を持っていく。

元はと言えば、そもそも公安部員になったのも、この今村に嵌められたせいだ。

まったく信頼はしていないが、公安部では上司だ。呼び出しに応じるのは部下の義務でもある。

「さて、さっそく任務の話だ。瀧川、ある人材派遣会社に潜入してもらいたい」

「派遣社員になるんですか?」

瀧川が訊く。

「違う。派遣会社の社員になるんだ。簡単に言えば、ちょっと就職してこいということだ」

「警視庁もついに副業解禁ですか?」

白瀬が茶化す。

今村は白瀬を睨んだ。

白瀬はとぼけてそっぽを向いた。

「なんて会社ですか?」

瀧川は訊いた。

「アノングループホールディングスだ」

今村が答えた。

「アノンGHDって、人材派遣の最大手じゃないですか」

白瀬が言う。

「そうだ。そこに就職してもらいたい。手はずは整っている。アノンからの給与は、そのままおまえの給料にしていい。もちろん、公務員としての給与も出る」

「そりゃいい。やらせてもらいます」

白瀬が言う。

「おまえじゃない。瀧川に訊いている」

今村が強い口調で言った。瀧川を見る。

「どのくらいの期間ですか？」

瀧川は訊ねた。

「半年、一年、あるいはそれ以上」

「目標は？」

「アノンGHDの組織全体の把握、および、会長兼社長である武永恭三《たけながきょうぞう》の動向調査。長期の情報収集を望む」

「長期って……。俺の公安部在籍期間は一年を切っているはずですが」

「我々が求める情報が手に入れば、半年もかからずに抜けられる。

「その間の給与保証はあるんだ。悪い条件ではないと思うが」

今村が押してきた。

一週間前のこと。今村は鹿倉や刑事総務課の日埜原充《ひのはらみつる》と会合を行なった。

アノンGHDへ潜入する作業班員の選定が議題だ。

今村は瀧川の名前を出さなかった。長期になると聞けば、瀧川が断ることはわかっていたからだ。

乗り気でない者を説得して働かせるより、白瀬や藪野のように、どちらかといえば積極的に現場へ出たがる者を駒として使う方が楽でいい。

しかし、鹿倉と日埜原は一択で、瀧川の名を出した。

今村は反対した。

瀧川の異動期限が迫っていることもあったが、何より、自分の指示に逆らい、勝手な行動を取るところがあり、やりにくい。

鹿倉と日埜原の魂胆はわかっている。

このまま在籍期間を延ばし、異動の約束をないがしろにしようという腹だ。

そこまで、鹿倉や日埜原が瀧川に執着するのも気に入らない。

だが、今村の反論虚しく、鹿倉は瀧川を送り込むことを決めた。

上が決めた以上、今村の立場としては決定に沿う段取りを組まなければならない。

「おまえが断われば、他の者に行かせることになる。たとえば、白瀬とか」

「僕は全然ＯＫですよ。瀧川君、断わってくれていいよ」

白瀬がさらっと言った。

瀧川は長テーブルの下で拳を握った。

白瀬を同席させたのは、そういうことか……。

今、瀧川が断われば、白瀬は任務を終えてすぐ、休みもなく次の任務につかなければならない。

さすがにそれはしのびない。

「……アノンＧＨＤに何があるんですか？」

つい、訊いてしまった。

訊けば訊くほど、戻れなくなるのはわかっている。しかし、問わなければいられない心境でもある。

それが今村の手口だとわかっていても、誘導される。

今村を見やる。胸のうちでほくそ笑んでいる様が手に取るようにわかる。

「アノンＧＨＤは、来年の春、本社機能を瀬戸内海の神子島に移転する。本社ビルも三年がかりでできあがった。単なる地方への移転なら問題ないが、グループの会長、武永恭三に関して疑義がある」

「武永恭三といえば、政府の経済諮問会議にも参加する、経済界の重鎮ですね」

白瀬が言った。

今村がうなずく。

「武永はかつて、新自由主義経済を牽引した経済人だ。我々が対峙する敵とは真逆の場所にいる……と思われた」

「思われた?」

瀧川は思わず訊き返した。

今村の口元にかすかな笑みが滲んだ。

「しかし、武永はこのところ、中国政府関係者と急接近している。アメリカのトランプ政権が、安全保障上の脅威となる企業との取引を制限したにもかかわらず、政府系企業との関係を密にしている」

今村が言う。

話を聞いていた白瀬が、口を挟んだ。

「それは、武永が新自由主義者ではなく、拝金主義者だからではないでしょうか? 武永はリーマンショックの時に空売りを仕掛けて儲け、その金で安い労働力をかき集めて、非正規労働者というカテゴリーを確立させた張本人です。今、チャイナマネーに目を付けるのは当然じゃないですか？」

「それはそうだが、だからこそ、実態を調べる必要がある。単なる拝金主義なら問題は多くないが、金と引き換えに、日本の未来の鍵となる基幹技術まで流出させられてはたまらない。それは売国行為でもある。武永が何を考え、どう動こうとしているのか、注視する必要があると我々は判断した。それに武永はかつての活動家で過激思想を今は隠しているだけかもしれない」

「それで、長期潜入というわけですか」

「そういうことだ。何事もなければ、場合によってはアノンＧＨＤの正社員として、そのまま定年まで勤めあげてもかまわない。もちろん、その場合でも警察官としての定年退職金も出る」

そう話して、瀧川に顔を向ける。

正直、瀧川の心は揺さぶられた。

作業班員の中には、研修後、一度も本庁に登庁することなく、対象企業や団体の職員として潜入している者もいるという話は、耳にしたことがある。

長きにわたって公安部に拘束されるのは不愉快ではあるものの、何事もなければ、今村の言うように生活は保障され、危険な現場へ出向かなくてもよくなる。

見せかけであっても、そこには瀧川や綾子が求めていた〝安定〟がある。

この話に乗れば、綾子との入籍も躊躇する必要がなくなる。場合によっては、警察を辞め、そのままアノンGHDの社員として生きる選択をしてもいい。

しかし……。

瀧川の胸がざわつく。

今村が提示する案件に、そんな甘い夢を抱いていいものかと思う。

それに、この事案に関われば、一年後の少年課への転属も霧消するだろう。

押し黙って熟考していると、今村が畳みかけてきた。

「断わるなら、今ここで決断してくれ。この案件は白瀬に回す。おまえはまたしばらく待機となる」

「瀧川君、断わってくれ」

白瀬が言った。

瀧川は白瀬を見つめた。

いつものように飄々《ひょうひょう》とした目元には、クマができていた。

無理もない。任務後は誰でも疲れ果てている。やはり、白瀬に預けるわけにはいかない。

また、今村の手中に落ちるようで悔しいが、仕方ない。

瀧川は大きく息をついて、今村をまっすぐ見つめた。

「わかりました。請けます」

「瀧川君！　無理しなくていいんだぞ！」

白瀬が瀧川ににじり寄る。

「無理はしてないですよ。白瀬さんは休んでください」

「僕は大丈夫だから」

「休息は必要です。英気を養って、また任務にあたってください」

瀧川が目元に笑みを覗かせた。

「こんなおいしい任務、そうないんだけどなあ……」

白瀬がため息をついた。

「では、アノンＧＨＤへの潜入は瀧川が着任することに決定する。ここで、この資料を読み込め。白瀬は帰っていいぞ。今日から待機だ」

「わかりました」

白瀬が立ち上がった。瀧川の後ろに立つ。

「いい任務もらったな。まあ、がんばって」

瀧川の肩を叩き、背を丸めて静かに出て行った。

今村も席を立った。

「一時間で読め。また、来る」

瀧川の前にファイルを置き、白瀬に続いて部屋を出た。

瀧川は二人を見送り、ファイルを手元に引き寄せた。

「これが最後の任務だ」

自分に言い聞かせるようにつぶやき、ファイルを開いた。


今村がオフィスを出ると、エレベーター前で白瀬が待っていた。

「あれでよかったんですか、主任」

「上出来だ、ご苦労さん」

今村は白瀬の二の腕をポンと叩いた。

「二度とごめんですよ、こんな役。瀧川君とは、いい友人関係でもあるんですから」

「それはいい。だが、覚えておけ。おまえは瀧川の友人である前に——」

今村が下から睨み上げた。

「作業班員だ」

眼力が強くなる。

「おまえは山陽日報の小野喜明の調査を続けろ。休んでいる暇はないぞ」

「了解です」

白瀬はため息をつくと、上がってきたエレベーターに乗り込んだ。

今村は白瀬の残像を冷ややかに見やり、オフィスに戻った。

4

「お疲れ様です」

舟田秋敏は、その日の引継ぎを終え、午後五時半ごろ、三鷹中央署を出た。

と、瀧川の姿を認めた。

「やあ、どうした？」

マスクの下に笑顔を見せ、歩み寄る。

「ちょっといいですか？」

瀧川が訊く。

一瞬、舟田の目が鋭くなる。が、すぐ笑顔に戻った。

「歩きながら話そう」

舟田は言うと、ゆっくりと歩きだした。瀧川が続く。

「また、任務か？」

「はい……」

瀧川は小声で返した。

「断わってもいいんだぞ」

「そうなんですが……」

「まあ、連中のことだから、君が断われないように仕向けてきたんだろうが」

舟田は目を細めた。

かつて、公安研修を受けたことがある舟田は、公安部の手口を熟知していた。

瀧川が公安部員以外で仕事の話ができる唯一の先輩だ。

「どういう任務だ？」

「舟田さん、以前、公安部員の話を訊いた時、研修後、一度も登庁することなく対象企業に潜入している作業班員もいると言っていましたよね？」

「そうだな」

舟田がうなずく。

瀧川は舟田と会った時、少しずつ公安部員の仕事や動向を訊いていた。

作業班員としての仕事はわかっているつもりだが、それでも不安になることが多い。

そんな時、舟田の話を聞くと、多少気が楽になった。

「そうした作業班員は、今、どうなっているんですか？」

「そうだなあ。私が知る限りでは、個々に事情は違うが」

少し斜め上を見ながら、記憶を引っ張り出す。

「潜入した企業に留まったまま重役になって、情報を集めている者もいれば、早々に正体がバレ、危うい状況に追い込まれた者もいる」

「危うい状況とは――」

「君が経験したことだ」

舟田は静かに言った。

つまり、命を狙われるということだと、瀧川は理解した。

「どのくらいの確率で、正体がバレるものでしょうか?」

「それも個々の事情と作業班員の能力による。今回の任務は、企業への潜入か?」

「はい」

瀧川はうなずき、ファイルで知った情報をかいつまんで話した。

今回、与えられた任務は、アノンGHDに長期で潜り込み、社内の実態を把握するのが主な目的だ。

地位が上がれば、経営実態や経営陣の動向把握も追加される。

普通に勤めながら、徐々に情報を集めることが求められていた。

舟田の表情が険しくなる。

「できれば、会長の武永恭三の動向もつかんでほしいとのことでした」

「長期潜入だな」

「そうなりますね」

瀧川が同意する。

舟田は歩きながら腕を組み、うーんとうなった。

「長期となると、一年では終わらんかもしれんぞ。そうなれば、君が望んでいた少年課への転属も延びることになる。そのへんはどう考えた?」

「俺もそこは気になったんですが、逆に、長期潜入であれば、生活自体は安定するのではないかと思い直しました。落ち着いて任務につけるのであれば、綾子との入籍も考えられるかなと思いまして」

「それはやめた方がいいな」

舟田は即答した。

「なぜですか?」

「一つは、正体がバレた場合、すぐに撤収しなければならない点。独り身であれば、その日のうちに退くこともできるが、家族がいるとそうもいかない。特に、子供がいると、学校の関係などもあるから、思わぬ枷になる」

舟田は容赦なく、家族は邪魔だと言った。

「もう一点は、情報源を得る術を一つ失うこと。たとえば、経理に関しての肝の情報が欲しい時、独り身なら、経理の女性社員を口説き落として、情報源にすることもできる。重役の令嬢を娶《めと》れば、上の情報はさらに入手しやすくなる」

「結婚を利用するということですか？」

瀧川が非難めいた目で舟田を睨む。

舟田は冷たく見返した。

「君がいるのは、そういう世界ではないのか？」

抑揚のない言葉が、胸の奥に突き刺さった。

「長期潜入の場合、初めは情報を得られる機会を最大限に持っておくことが重要になる。あらゆる手を使って、中枢の情報をつかむことが求められるんだ。さらに、万が一の場合を考え、撤収する算段も整えておかなければならない」

「長期潜入している作業班員で、結婚している人もいるわけでしょう？　たとえ、情報収集のための結婚だとしても、子供ができて、社会的な立場ができれば、そう簡単に撤収できないのではないですか？」

「万が一の場合、作業班員はすべてを捨てて姿を消す」

舟田が言い切った。

瀧川は舟田の語気に息を呑んだ。

「作業班員が第一に考えなければならないのは、組織防衛だ。敵に公安部の実態が知れることを何よりも警戒しなければならない。そのためには、家族も築き上げた地位もあっさり捨て去る。しかしそれは、家族を守ることにもなるんだ。突然失踪することで、家族への危険を最小限に留めることができる。その代わり、家族には二度と会えなくなる。家族は何もわからないまま、夫や父親が消えたというトラウマを背負うことになる。君は――」

舟田が立ち止まった。

「綾子さんや遙香ちゃんに、そんな思いをさせたいか？」

まっすぐ見つめる。

それは、瀧川の覚悟を問う視線だった。

瀧川は目を逸らした。

正直、そこまでの覚悟はなかった。あわよくば、甘い観測で、一企業人として、綾子と遙香を迎え、サラリーマン家庭を築けるのではと思ってしまった。そんな世界でないことはわかっていたのに、かすかな希望を抱いてしまった。

「断ることはできないか？」

舟田が問う。

「……一度引き受けてしまったものを断ることはできません」

答えながら、保留して舟田に相談すればよかったと、激しく後悔した。

自分の浅はかさに嫌気が差す。

と、舟田はふっと優しい笑みを目元に覗かせた。

「そんな絶望的な顔をするな。長期潜入事案とはいえ、短期で片づくこともある。それに、君が在籍期限を迎えて、公安部から抜けたいと思ったら、遠慮なく私に言ってくれ。必ず、君を公安部から救い出す」

舟田が背中をポンと叩いた。

「ありがとうございます」

小さな声で礼を口にし、頭を下げる。

「必ず、言ってくれ。タイミングを逃すと、君を抜けさせることが難しくなる。鹿倉たちもあれこれと手を打って来るだろうからな」

「わかりました。相談させてもらいます」

瀧川の言葉に、舟田は首肯した。

瀧川は大きく深呼吸をし、気持ちを切り替えた。

5

ホテルで待機していた藪野の下に、富安から連絡があったのは、滞在二日目の夜だった。

先日、富安と接触した後、別の公安部員が尾行していたが、安西と接触することはなかった。

富安が指定してきたのは、この間と同じく、京都水族館前の広場だった。時間も深夜二時を指示された。

今回、藪野は今村に連絡を入れ、広場周辺に公安部員を配置させた。

危険を感じ取ったからだ。

杞憂であることは多いが、最悪の事態を回避するための策を講じておくに越したことはない。

四方から自身の姿が確認できるよう、藪野は広場のど真ん中で富安を待ち受けた。

腕時計に目を落とす。午前二時を三十分過ぎていた。

悟られたか……？

一抹の不安がよぎる。

しかし、ここで藪野が怪しまれれば、安西の捜索は他の作業班員が引き継ぐことになる。

それはそれで、思わぬ休暇をもらえることになるのでありがたい。

暗がりを見回していると、突然、視線を感じた。

公園の入り口付近に大柄の男の姿を認める。富安だ。

だが、他にも視線を感じていた。

右、左、背後——。

味方のものではない。刺すような殺気を帯びた敵意ある気配だった。

どういうことだ?

神経が張り詰める。

藪野の感覚が確かなら、富安が仲間、あるいは部下を配置して、自分を取り囲んでいることになる。

しかし、藪野の周辺は、公安部員も囲んでいるはずだ。

富安が周辺を調べもせず、仲間を配置したとは思えない。

まして、仲間に囲ませるということは、ジャーナリスト・岡野を疑っていることにほかならない。

三十分遅れてきたのは、単に遅刻したわけではなく、探りを入れたうえで仲間を配置したからだろう。

おかしな様子はすぐにわかる。

そして、違和感はほとんどの場合、良くない方へ転がる。

富安がずんずんと藪野に近づいてきた。同時に他三方から、殺気が迫ってくる。一方、公安部員の気配はない。

くそったれが——。

藪野は腹の中で舌打ちをした。

どうやら、今村は自分を人身御供にするつもりだ。

藪野を売り、富安に渡すことで連中を動かし、別の作業班員に藪野共々、富安たちの行動を探らせる。

よくある手段だ。が、売られる身にされるのは、正直きつい。

富安が藪野の前まで来た。左右背後の殺気は、少し距離を置いて止まっている。

「すまんな、遅うなって」

「いえ、こちらこそ、こんな夜中にありがとうございます」

藪野は頭を下げた。

「親父と話が付いた。話してやってもええということや」

「ホンマですか！　ありがとうございます！」

今度は大げさに腰を折る。

瞬間、左右と背後に目を配る。

ぼんやりとだが、殺気を感じるあたりに人影を認めた。距離にして、七十メートルほどか。

富安の不意をついて殴れば、闇にまぎれて逃げられるかもしれない。

一瞬、上体を起こしざま、富安を襲おうかと考えた。

が、すぐに、湧き立ちそうな闘気を消した。

富安の上着の奥に膨らみがあった。短刀か拳銃といったところか。武器であることはわかった。

笑顔を作り直し、ゆっくりと上体を起こす。

「いつ、お会いできるんですか？」

「これからだ」

「こんな夜中にですか！」

「不安か？」

富安がにやりとした。

「いえ、まあ……正直怖いですけど、それより、こんな時間に会っていただけるとは思わなかったもので。ちょっと、提携先の雑誌のデスクに一報入れていいですか？　記事にできるところは記事にしてすぐ出したいので」

鞄に手を入れようとする。

富安の上着の裾が揺れた。黒い塊が出てきた。三八口径のリボルバーだ。

「スマホを出せ」

銃口が横隔膜の下に押し当てられた。

「ちょっと待ってください……」

蒼ざめてみせる。

「早くしろ」

ぐいぐい銃身の先で突く。

藪野はバッグに手を入れ、スマートフォンを握った。とっさに電源ボタンを三回押す。

公安部へ緊急信号が発信されると同時に、マイクロSDカードに収められている公安関係の連絡先やメールなどのデータがすべて消去される。

鞄をあさるふりをして、スマホの処理をした。

途端、富安が鞄をひったくった。

「しょうもない真似、すなや」

逆さに返し、中身を足下にぶちまける。

あわてたそぶりを見せる。

「あっ！」

富安は足で散らばったものを広げ、確認する。ICレコーダーとデジタルカメラを踏み潰した。

「ああ、何を――」

拾おうとすると、富安は銃口を頭に向けた。

藪野は動きを止めた。

「われ、岡野ナンタラやないやろ？」

「何のことだか――」

とぼけようと顔を上げると、眉間に銃口を押しつけられた。

「ヒネやろが」

富安がぎろりと目を剝いて見下ろす。

藪野は見返した。

ヒネ、という言葉から、富安がどういう情報を得たのかを推察する。

ヒネは警察のことを意味する。主に西の方で使われる言葉だ。そして、ヤクザがヒネと表現するのは、刑事部か組織犯罪対策部四課の警察官を指すことが多い。

つまり、誰かが藪野のことを〝マル暴の刑事〟として吹き込んだということだ。

その誰かはもちろん、今村だろう。

そういうことか……。

藪野は大きく息をついた。

「レンコン、どけんかい」

藪野はどすの利いた声で言った。

レンコンとは回転式拳銃のこと。弾を装塡《そうてん》する穴の開いたシリンダーが蓮根に似ていることから、そう呼ばれている。

上体を起こす。富安は銃口を眉間に押し付けたままだ。

藪野は富安を睨みつけた。

「デカのタマ殺《と》る気か、わりゃあ！」

怒鳴り声が広場にこだまする。

富安は奥歯を噛み、藪野を見据え、怒りに腕を震わせた。

藪野は富安を睨んだまま、微動だにしない。

しばらく、睨み合いが続く。

生きた心地がしない。しかし、ここで退けば、富安は発砲する。この手の極道に弱みを見せてはいけない。

「道具をしまえ。で、われの部下を退かせろ」

「ヒネの命令なんざ聞くわけないやろが」

「今、弾けば、われだけやのうて、安西までいかれるで」

「親父は関係あれへん」

「そないな理屈、こっちも関係あれへん。国家権力が、われら全員、追い込むで。どないすんねん？」

藪野の眼力が増す。

「どないするんじゃ、おおう！」

腹に響く声で怒鳴る。

富安が少し怯んだ。

藪野は内心、ほくそ笑んだ。

勝負あった。

「道具下ろせや。パクりに来たわけとちゃう」

「ほな、どないな理由や？」

「下ろせ言うとるやろが。落ち着いて話もできん」

藪野は銃身を握った。そのまま握った右手を下げる。

富安はかすかに抵抗を見せたものの、銃口を下に向けた。

「こいつを放せ。こないなもんを持ってるのがバレりゃ、十五年は食らうで。わしにチャカ向けたことは大目に見たる」

銃身を握って引き寄せる。

富安は銃を放した。藪野はセーフティーロックをかけ、銃を腰に差した。

ふうっと大きく息をつき、笑みを浮かべる。

「あー、まいったまいった。関西弁は苦手だ」

「あんた、こっちの人間ちゃうんか？」

「違う。関東の人間だ。マル暴長いんで、西の言葉はしゃべれるようになったがな」

「東京のマル暴か？」

「ああ、警視庁組織犯罪対策部第四課の田所《たどころ》だ」

適当な名前を口にし、右手を差し出す。

富安はつられて右手を出し、握手をした。

「問い合わせても無駄だぞ。俺は基本、潜るのが仕事だから、在籍していないことになってる」

「ホンマもんのヒネなんか？」

富安が怪訝そうに目を細める。

「ここで、おまえをパクろうか？」

笑いながら、富安を見やる。

「わかった。勘弁してくれ」

富安は両手を上げた。

「なんで、東京のマル暴が親父に会いたいんや？」

本題を切り出した。

「青翠《せいすい》連合はわかるな？」

「そりゃあ、こっちの世界で知らんもんはおらんわ」

富安が言う。

青翠連合とは東日本を牛耳る指定暴力団だ。山盛会に次ぐ、日本の大組織の一つである。

「山盛が青翠と組んで、安西を捜してるぞ」

藪野が言う。

富安の顔が強ばった。

「そないな情報、わしんとこには入ってへんけど……」

「そりゃ、入んねえよ。組織の人間が動いてるわけじゃねえからな」

「どういうことや？」

「興信所を使ってんだよ、民間の」

「こっちの関係やない、世間さんのか？」

富安の問いに、首肯した。

「なんで、そないな手間かけるんや……」

「安西が新組織を作ろうとしているという噂が出回ってる」

藪野が言う。

富安の目尻がひくりとした。

「その噂を耳にした山盛が調べようとしたんだが、山盛のモンが安西を捜してるとなりゃ、全国の四課がほっとかねえわな。で、山盛は青翠に協力を仰いで、青翠の関係者からルートを洗って、一般の興信所に仕事をさせてるってわけだ」

それらしい話を向けると、富安の目が泳いだ。

わかりやすい男だ。

藪野はさらに畳みかけた。

「俺はそんな馬鹿な話はねえと言ったんだがな。うちの課長は細かいことを気にする小心者でなあ。調べてこいと言われたんだ。もし噂が本当なら、安西はうちらと山盛に追われてることになる。解散したってえのに、やってらんねえな、ヤクザは」

皮肉な笑みを覗かせ続けた。

「どうだ？　この際、はっきりさせようや」

藪野が一歩にじり寄る。

「おまえら、新しい組織作って、もういっぺん山盛とやんのか？」

睨み上げる。

富安は見返した。視線をそらさないようにしているが、黒目がかすかに揺れている。動揺は隠せなかった。

新組織を作っているのは、どうやら本当のようだな――。

思いながら返事を待っていると、富安が口を開いた。

「そないな真似はせんですよ。俺らもう、極道やないんですから」

隠そうという思いが強いからか、つい敬語になっている。

あまりにわかりやすくて、藪野は笑いを嚙み殺した。

「だろうな。しかし、足を洗ったモンが、こんな物騒なものを持ってちゃいけねえな」

腰を叩く。

「すみません……」

富安は観念した猛獣のようにおとなしくなった。

「まあ、いい。上には、安西は隠居していて、新組織を作る気もなかったと報告しとくよ。おまえから、安西に伝えとけ。妙な動きしてるならやめろと。せっかく拾った首、取られるぞとな」

「親父に会わんでええんですか？」

「もういいよ。おまえらが新組織を作っていないことはわかった。こっちはこっちで収めとく。いつまでもおまえらに関わってると、休む間がなくなるからな。まあ、いずれにせよ、山盛はまだ動いてる。おまえも気をつけろ。すまなかったな、いろいろと。行っていいぞ」

藪野が言う。

富安はどうしたものか逡巡し、突っ立っていた。

「ほら、行け。うちの連中が張ってる。時間がかかりゃ、パクられるぞ。仲間を連れて、行け」

二の腕を叩く。

富安は周囲を見回した。

「わかりました。失礼します」

「おう。安西にしっかり伝えとくんだぞ」

「はい。失礼します」

富安は一礼すると、太い腕を大きく振った。闇にまぎれていた富安の仲間が姿を現わした。富安が広場から出て行くのを見て、追いかける。富安らは四人の塊になり、公園を出た。

藪野は大きく息をつき、その場に座り込んだ。スマートフォンを拾い、乱暴に番号を叩く。

すぐ、電話の相手が出た。

瞬間、藪野は怒鳴った。

「俺を売ったな、今村！」

──相手を動かすネタをやったまでだ。

今村は平然と言った。

「ふざけんな！　弾、ぶち込まれるとこだったんだぞ！」

怒りが収まらない。

──こうして電話してきているということは、成功したんだろ？　結果が出れば、過程はどうでもいい。

「てめえ、戻ったら、一発ぶち込むからな」

――好きにしろ。それより、報告を。

今村は淡々と話を進める。

藪野は歯ぎしりしながらも、仕事をした。

「安西が新組織を起ち上げようとしているのは、どうやら本当だ。増員して、富安と周りの連中を張れ。必ず、安西の所在にたどり着く。俺は素性がバレたからここまでだ」

――大丈夫。組対四課の田所として動いてもらう。

今村が言った。

藪野はスマホを放して睨んだ。散らばった鞄の中身や転がった鞄を見回す。

田所は、つい先ほど、とっさに口をついて出た偽りの名前だ。それを知っているということは……。

盗聴してたってことか。

「てめえ、一発じゃ足りねえ。十発は食らわせる」

藪野はそう言うと、スマホを地面に叩きつけた。

第二章　ロックオン

1

「今日から、私たちと共に働くことになった井上《いのうえ》さんです。井上さん、挨拶を」

人事部の柳《やなぎ》という四十代後半の女性が促した。

スーツを纏《まと》った男が一歩前に出た。

「本日より、こちらで働かせていただくことになりました、井上和良《かずよし》です」

満面の笑みを目の前の社員たちに向けているのは、瀧川だった。

今村からの話を請けて、三週間。一週間はアノンＧＨＤの概要や武永に関する資料を読み込むことに費やし、次の一週間は井上和良の役作りに努めた。

どちらも自宅で行なっていた。

綾子は気にしている様子だったが、部屋に入ってきたり、詮索したりすることはなかった。

仕事に入るとますます、綾子との間に気まずい空気が漂った。

遙香や泰江もその雰囲気に気づき、間に入って仲を取り持とうとするも、その時は二人して笑みを浮かべるものの、誰もいなくなると真顔に戻るような状況だった。

綾子には申し訳ないと思う。

不安な気持ちを抱かせたまま、拭ってやることもできない。

ただ、いったん仕事に入れば、命がけの作業となる。正直、周りに気を配る余裕もない。

すべては綾子と遙香のためなのに、それが二人を傷つけてしまう。やりきれない思いだった。

仕込みを終えた瀧川は、綾子たちに別れを告げ、ミスター珍をあとにした。

三週目は、公安部が用意したワンルームマンションへ移った。

物の少ないシンプルな部屋で、表札には〝井上〟と記されていた。

今村からの指示は、置かれていたノートパソコンに入っていた。井上用のスマートフォンや運転免許証、保険証、銀行口座なども揃っている。

仕事に入った時はいつも、この周到な準備には驚かされる。

今回は長期潜入ということで、井上和良の戸籍謄本や住民票まで用意されていた。

ここまでバックアップしてくれると心強い。

一方で、アノンに就職して、そのままサラリーマンとなり、綾子たちと平和に暮らす、といった目論見がいかに夢物語だったかを痛感させられた。

戸籍謄本であるということは、井上姓で綾子たちを迎えることも可能だ。が、万が一素性が敵にバレれば、井上和良はすべての痕跡を残さず、この世にいない者として処理されることになる。

そんな状況に綾子たちを付き合わせるわけにはいかない。

舟田さんの言う通りだったな……。

気は沈んだが、動き出したものはもう止められない。あとは、早期に任務が終わることを祈るばかりだ。

悶々とする気持ちを引きずりつつも、瀧川は商工会議所の関係者を通じて、アノンGHDの人事部長を直々に紹介され、すんなりと入社が決まった。

井上という名は単なる偽名ではなかったことを、その時に知った。

協力者である商工会議所関係者の遠縁に井上の姓を名乗る者がいて、その人物の親戚という位置付けになっていた。

改めて、戸籍謄本を確認すると、そのように細工されていた。

個人の公的データも改竄《かいざん》できる公安部の力に若干の空恐ろしさを感じながらも、潜入する身としては、そこまで固めてくれると多少の安心感を覚えた。

綾子たちと離れて日が経つにつれ、瀧川のメンタルは井上和良へと移行していった。

そして、初出勤の日を迎えていた。

初日は、まだ東京の丸の内にある本社を訪れた。

瀧川が配属されたのは、管理部という部署だ。派遣社員の登録状況を管理し、営業部からの要請を聞いて、人材を適材適所に振り分けるという業務だ。

これもまた、公安部や協力者がそれとなく仕込んだ配属のようだった。

管理部で働いていれば、いつでも、派遣登録者と派遣先の企業を同時に調べることができる。

むろん、深い情報にアクセスするには、それなりの地位が必要になるが、取っかかりとしてアノンＧＨＤの全容をつかむには、もってこいの部署だった。

公安部の仕込みとはいえ、ここまで完璧に狙いの部署へ入れることはめずらしい。

おそらく、社内にも協力者か、あるいは長期で潜入している〝仲間〟がいるのだろう、と瀧川は察した。

「これまでは、コンビニエンスストアの店舗管理をしておりました。人材派遣会社の仕事は初めてですので、お手を煩わせることもあろうかと思いますが、ご指導ご鞭撻《べんたつ》いただければと思います。どうぞ、よろしくお願いします」

深々と頭を下げる。

拍手が起こった。

改めてオフィス内を見渡すと、女性社員の比率が高い。それぞれがそれぞれの業務に戻っていく。

「冴木《さえき》さん」

柳が声をかけた。

「はい」

奥の窓際の席にいた黒髪でショートボブの女性が顔を上げた。切れ長の目は知的だが、少し冷たい感じのする美女だった。

柳に促され、席まで歩いていく。

「井上さん、こちらが管理部副部長の冴木瑠美《るみ》さん」

「井上です、よろしくお願いします」

頭を下げる。

「どうも」

瑠美は、そっけなく返した。

「井上さんのオリエンテーションと業務教育をよろしくね」

柳が言うと、フロアが少しざわっとした。

「私がですか？」

瑠美は眉根を寄せ、あからさまに不満を示した。

「前田《まえだ》常務からの指示です。本社機能の全移転も近いので、一日も早く、井上さんには業務に慣れてほしいとのことで」

柳が言う。微笑んではいるが、有無を言わさぬ語気の強さを感じる。

「……わかりました」

瑠美は渋々引き受けた。柳がうなずく。

「井上さん、わからないことは積極的に冴木さんに訊いてください。冴木さんに鍛えてもらえば、恐いものなしですから」

「ありがとうございます」

やや苦笑しつつ、礼を言った。

「では、冴木さん、お願いします」

柳は二人に笑顔を向けて、オフィスを出た。

瑠美は瀧川を見ることなく、モニターを睨んでキーボードを叩いている。

瀧川は所在なげに困った顔をして、突っ立っていた。

三分、五分と放置される時間が続く。

しびれを切らし、瀧川の方から声をかけた。

「あの……すみません」

すると、瑠美は叩くようにキーボードを打った。

その音に、瀧川だけでなく、近くの席にいた社員も驚いて、びくっとした。

「梶原《かじわら》！」

「あ、はい！」

いきなり怒鳴るような声で名前を呼ばれた男性社員が立ち上がった。

線は細く、眼鏡をかけ、蒼白い顔をしている一見冴えない男性だった。年も若いのか老けているのかよくわからない。スーツも首が抜けていて、着られているように映る。

「今、秋谷倉庫に派遣する登録者のデータ送ったから、シフト調整して。三時間で終わらせて」

「あ、いや、私は今、泉産業の派遣社員の振り分けをしているんですけど……」

声が弱々しい。

「いつまでやってんの！　それも含めて、四時間！　使えないグズはいらないよ！」

「かしこまりました！」

梶原は直立したまま返事をすると、急いで業務に戻った。

「まったく……」

フロア中に響きそうな大きなため息をついて、パソコンをスリープ状態にし、立ち上がった。すらりとした姿態に黒いパンツスーツがよく似合っている。

瑠美はドア口に向かって歩きだした。

「あ、あのお……」

瀧川が恐る恐る声をかける。

すると、立ち止まって振り向いた。瀧川を睨んでいる。

「オリエンテーションに行くんでしょうが！　さっさと来なさい！」

「すみません！」

瀧川はつい謝り、瑠美の下に駆け寄った。

瑠美は背を向け、さっさと歩きだし、部屋を出る。

こりゃあ、先が思いやられるな……。

思いつつ、急いで瑠美の後を追った。

2

白瀬はコロナ禍にもかかわらず、兵庫県明石市に来ていた。

ここには、行方不明となった山陽日報の記者、小野善明の実家がある。

白瀬は小野の関係者をあたり、彼が調べていたアノンＧＨＤの本社移転に関する情報を探っていた。

小野のことは、先に潜入している作業班員から情報がもたらされた。

社員同士の雑談の場で、アノンＧＨＤ社内で半ば都市伝説のように語られていた新聞記者失踪事件が、実は山陽日報の記者だったという話だ。

今村はその情報を入手すると、休暇に入ったばかりの白瀬に任務を課した。

面倒だったが、すぐに終わると思って引き受けた。

しかし、いったん調べ始めると、ことのほかやっかいな事案だということがわかってきた。

フリージャーナリストとして社内に潜り込むと、山陽日報の関係者は、当初、小野の件は知らぬ存ぜぬで、シラを切り通そうとしていた。

白瀬は、社内で事務作業をしていた四十代の女性に的を絞って口説き落とした。そして、その女性から、行方不明になっているのが小野善明だということを聞き出した。

小野が行方をくらませて、三年弱。親族が警察に行方不明者届を出しているが、まだ見つかっていない。

さらに女性から情報を引き出すと、小野は単独でアノンGHDが神子島に建設中の新社屋についての取材を進めていたという。

しかも、社内にあったはずの取材資料が、小野の失踪後、紛失してしまったということだった。

今村に伺いを立てるまでもなく、白瀬はその一件に闇を感じ取った。

調査を続行し、休む間もなく、現在まで小野に関しての内偵を続けている。

白瀬は数少ない小野の友人や住んでいたアパート近辺で聞き込みをした。

近所の人々は、小野のことをあまり知らなかった。同じアパートの住人も、会えば挨拶を交わす程度だったという。

トラブルのようなものもなかった。

小野の大学時代の友人男性からは、貴重な情報を得た。

小野が失踪する二週間前に会っていた友人男性は、彼が会話の中で、とんでもないスクープを手にするかもしれないと言っていたという。

中身は訊いても答えなかったそうだが、自分の勘が当たっていれば、日本の経済界がひっくり返るほどの大ネタだと興奮気味に話していたそうだ。

友人男性は、その話を聞いた直後に小野が失踪したので気になっていたようだが、小野が何かとんでもない事件に関わっているのではないかと思い、誰にも言えなかったと神妙に語った。

そして、小野を探してほしいと、白瀬に頭を下げた。

山陽日報の社内の出来事や友人男性の証言を聞く限りでは、小野がなんらかのトラブルに巻き込まれたのは、ほぼ間違いなさそうだ。

小野の取材資料は廃棄されたか、もしくは、山陽日報の誰かが隠し持っているか。あるいは、誰にも知られない場所に隠しているか。いずれかだろう。

白瀬は、山陽日報の社内を探りたかったが、新聞社には四六時中人がいるし、報道機関のセキュリティーは万全のため、あてもなく動き回るのはリスクが大きい。

ある程度の仕込みが必要だ。

手間がかかるので、そこは後回しにして、先に小野の実家を訪ねることにした。

小野の実家は、明石市の山陽電鉄本線西新町駅から南へ徒歩五分、明石川沿いにある一軒家だった。

周囲の家やマンションが建て替えや新築で真新しくなる中、昭和に取り残されたようなくすんだ二階建ての家だ。壁はひび割れ、ベランダの鉄柱は錆びついていて、今にも崩れそうだ。

長いこと手入れされていなさそうな小さな庭は、雑草が生い茂っていた。

「人がいるのか……？」

白瀬は思わずつぶやいた。

呼び鈴を押してみる。スカスカとして、ボタンが機能している気配がない。

門扉を開ける。蝶番が外れそうで、傾く。

そろりと開いて、中へ入った。磨りガラスのサッシ戸をノックする。

「すみません、小野さんはいらっしゃいますか？」

声をかけるが、返事はない。

「小野さん、すみません！」

もう一度声をかけ、ノックをする。

と、門扉の外から声がかかった。

「あんた、誰や？」

白瀬は振り向いた。

四十半ばと思われる女性が立っていた。少し目尻に皺があるものの、目は大きく、上げ髪が艶めかしい、マスクをしていてもわかるほどの佳人だった。

「こちらの方ですか？」

白瀬が訊いた。

「うちの実家や。あんた、誰？」

「それはそれは」

白瀬は門扉を出て、女性の前に立った。

「私、こういう者です」

上着の内ポケットから名刺入れを出した。一枚抜いて、女性に差し出す。

女性は受け取り、目を落とした。

そこには〝フリージャーナリスト　神永《かみなが》一郎《いちろう》〟と記されている。記者を気取るため、肩に大きなショルダーバッグを提げていた。

「マスコミの人が何の用や？」

怪訝そうに、白瀬を睨む。

「実は、小野善明さんの件で――」

小野の名前を出すと、女性は白瀬のマスクの上から口を手のひらで押さえた。すばやく左右を見やる。

女性は門扉の中へ入った。

「入ってください」

白瀬を促す。

小野と同業ということに安心したのか、口調が変わった。

「早く」

女性が言う。

「では、失礼して」

白瀬は誘われるまま、中へ入った。

女性は突っかかるサッシ戸を上手に開けた。もう一度、周囲を確認し、右手のひらを振って、家の中へ入るよう急き立てた。

白瀬はへこへこと挨拶をし、中へ入った。玄関も廊下も、外観からは想像できないほど、きれいに掃除されていた。

たたきに靴はなかった。奥を見やるが、人の気配はない。

女性が入ってきた。サッシ戸を閉め、鍵をかける。先に廊下に上がる。

「どうぞ。スリッパとかないですけど」

「かまいませんよ。おじゃまします」

白瀬は笑顔を向け、家に上がった。女性の後をついていく。

「私はフリーの立場ですが、生前のお兄さんにとてもよくしてもらっておりました。いろいろと情報を交換していたんです。そういえば、お名前伺っていませんが、よろしければ教えていただけませんか？」

後ろから声をかけた。

「小野江里子《えりこ》。善明の妹です」

「妹さんですか。こちらにお住まいで？」

「いえ、住まいは別のところです。ここは両親が暮らしていました」

「ご両親は？」

「父も母も、昨年の夏に死んでしまいまして……」

「そうなんですか……。それはご愁傷様です」

話しながら、リビングに入る。

リビングもきれいに掃除されている。右奥のテーブルには両親の遺影と骨壺が入っていると思われる白い箱が置かれている。

しかし、線香のニオイがしない。部屋の空気にもかさついた感じがないので、換気もしっかりしているようだ。

「そちらに」

遺影手前にローソファーがある。江里子はそこに目で促した。

「失礼します」

白瀬は会釈して、浅く腰かけた。

「お茶でよろしいですか？」

「あー、おかまいなく。ですが、せっかくなのでいただきます」

白瀬は軽い口調で言った。

江里子は少し笑みを覗かせ、対面キッチンの奥へ行った。お湯を沸かしながら、慣れた様子で湯飲みや急須を用意する。改めて洗わないところをみると、食器も日常的に使っているようだ。

「ご両親はなぜ亡くなられたんですか？」

「持病です。父は高血圧と糖尿病があって、母は心臓が悪かったもので。コロナ禍で自粛を迫られる中、父は運動不足で血栓症を起こしてしまって。その心労からか、母も体調を崩してそのまま……」

「そうですか……」

殊勝な顔をしてうつむく。が、白瀬はあまりに端的な説明が用意されていたもののように感じ、多少の違和感を覚えた。

江里子が盆に湯飲みを載せ、戻ってくる。

「どうぞ」

白瀬の前に湯飲みを置き、自分はテーブルを挟んだ対面の床の上に正座した。

「先ほどは玄関先で失礼しました」

「いえ。私も唐突に訪れたものですから、不審に思われても仕方ありません」

「父と母が立て続けに死んで、コロナ死じゃないかとの噂が立って。ご近所さんがそれとなく監視しているもので……」

「哀しい最中に、それはおつらいですね」

同情を示しつつ、茶を飲む。湯飲みにくすみはない。日頃から使用しているのは間違いなさそうだ。

「納骨はなさらないんですか？」

湯飲みを置きながら、ちらりと遺影の方を見やる。

「兄が戻ってきたら、その時一緒にと思っていまして」

「そうですか。ほかにご兄妹は？」

「私と兄の二人です」

「そのお兄さんのことですが。江里子さんは、お兄さんの行き先に心当たりはありませんか？」

「ないんです。兄はしょっちゅう取材で各地を飛び回っていましたから、いちいち訊くようなことはありませんでした。同居しているわけでもありませんし」

「それはそうですね。行方不明者届を出されているようですが、どなたが？」

「母です。父は仕事だろうから放っておけと言っていたんですが、母は心配性だったもので」

「ご両親が失踪を知ったのは、どうしてです？」

「母が時々、連絡を取っていたんです。五十過ぎても独り身でしたから、親として何かと気に掛けていたんだと思います」

「江里子さんが最後に善明さんと会ったのはいつですか？」

「失踪した年の正月です。年始は集まるのが慣例でしたから、取材があっても正月だけは戻ってきていました」

「江里子さん、失礼ですが、ご結婚は？」

白瀬が訊いた。

年始に集まるのであれば、江里子の夫や子供が何か聞いているかもしれないと思ったからだ。

江里子は少しうつむいた。

「私も今は、離婚して独り身なんです」

「お子様は？」

「いません。私、子供ができない体質のようで、主人ともそれが原因で……」

スカートを軽く握る。

「不躾《ぶしつけ》なことを訊いてしまって、すみません」

「いえ……」

江里子はかすかに顔を横に振った。

少し重い空気になるが、白瀬はかまわず質問をぶつけた。

「お会いになった時、善明さんから何か聞いていませんか？　今、こんな取材していると か、誰と会っていたとか」

「何も聞いていません。兄は仕事の話を一切しない人でしたから」

「気になりませんでした？」

「初めの頃は、新聞記者がどんな仕事をしているのか興味が湧いて、何度か訊ねてみたこ ともあるんですが、デリケートな事柄が多いからと言われました。それ以来、訊かなくな りました」

「そうですか。では、失踪前に善明さんが何を調べていたか、江里子さんもご両親もご存じなかったと?」

白瀬が訊くと、江里子は首肯した。

「お兄さんの部屋は、どちらですか?」

「二階です」

「ちょっと拝見させていただいてもよろしいですか?」

「ええ、かまいませんけど」

「では」

お茶を飲み干して、立ち上がる。バッグを置いたまま、リビングを出た。

江里子が白瀬の脇を通って前に出て、二階へ上がっていく。昔ながらの急な階段だ。

二階には左右に二部屋あり、江里子は左側のドアを開けた。

「ここです」

中へ入り、カーテンを開ける。

陽光が室内を照らす。学習机とベッドがあり、本棚や小物入れは整頓されていた。

「隅々まで掃除されてますね」

「母がきれい好きだったもので。母が亡くなった後も、いつ兄が帰ってきてもいいように
と私が……」

「そうですか。ちょっといろいろ見させてもらってもいいですか?」

「荒らさない程度にお願いしますね。私、下にいますので」

「気をつけます」

白瀬が笑みを向けると、江里子も笑みを返し、部屋から出ていった。

白瀬は江里子がいなくなったことを確認し、引き出しや本棚を調べてみた。

本も小物も学生時代のものばかりで、仕事関連のものは見当たらない。

机の下や本棚の脇も覗いてみるが、塵一つない。

押し入れの中も覗いてみたが、洋服を入れたプラスチックケースと学生時代の図画工作の作品くらいしかなかった。

二十分ほど、あちこちを調べてみたが、怪しいものは見つからなかった。

「実家には取材資料を隠していないということか……」

白瀬は一通り調べ終えて、リビングに戻った。

「もう大丈夫ですか？」

江里子はローソファーの対面に正座をして待っていた。

「ありがとうございます。善明さんは、仕事の資料はこちらへ持ち込んでいないみたいですね」

「そうだと思います。とにかく、仕事に関しては私にも両親にも話したがりませんでしたから。お茶、もう一杯どうですか？」

「いえ、ずいぶん長居させていただいたので、このへんで」

ソファーに戻り、バッグを肩に掛ける。

その時、バッグの重心がやや後ろに傾いていることに気づいた。

江里子を見やる。江里子はとっさに顔を逸らした。

なるほど、部屋を調べさせている間に、僕のバッグの中を探ったということか。

白瀬は思ったが、素知らぬ顔で玄関へ向かった。江里子が後ろからついてくる。

靴を履き、振り返る。

「突然お邪魔した上に、善明さんの部屋まで見せていただいて、ありがとうございました」

「いえ。私も、少しでも兄の消息がわかればと思っていますので」

「何かわかれば、連絡させていただきます。連絡先を教えていただけますか？」

白瀬は自分の名刺とペンを差し出し、裏に携帯番号とアドレスを書かせた。

「江里子さんも気づいたことがあれば、小さなことでもかまいませんので、ここに連絡ください」

名刺に記してある連絡先を指す。

「はい」

「では、失礼します」

一礼して、サッシ戸に手を掛ける。

そこで白瀬は振り返った。

安堵したように表情を緩ませていた江里子の顔が強ばる。

「そうだ、一つだけ。善明さんの口から、アノンＧＨＤという会社名を聞いたことはありませんか？」

白瀬が問うと、眦《まなじり》が引きつった。

「いえ、聞いたことはないですけど」

そう答え、笑みを作ろうとする。

白瀬は表情の変化を見逃さなかった。

「何か、兄と関係あるんですか？」

「いや、特に関係があるわけではありません。かえって、心配させてしまったみたいですね、すみません。気にしないでください」

白瀬は微笑み、軋むサッシ戸を開け、外へ出た。

明石川の堤防沿いを歩き、明石大橋を左へ曲がる。江里子の視界が届かないところに出ると、バッグを開いてみた。

フリージャーナリストを装うために取材ノートを入れていたが、それが開かれた形跡がある。

筆記用具などが偏っていた。中もだいぶ漁ったようだ。

「何か知ってるな、あのお姉さん」

白瀬はスマートフォンを手にして、人待ちふうを装いながら、建物の陰から江里子が実家から出てくるのを待つことにした。

3

オリエンテーションというのは、社内を見て回る研修のようなものだった。

瀧川は瑠美について歩くだけ。瑠美は、素っ気なく、ここが社長室、ここが営業フロアと言うだけで、部屋の中を案内したり、誰かを紹介したりすることはなかった。

二人きりで歩いているので、なんとか少しでも懐に入りたいと機会を窺ったが、取り付く島もないオーラを放っている。

そのまま言葉を交わすことなく、小一時間ほどで瑠美と共に管理部へ戻ってきた。

瑠美は、瀧川に席を指定すると、面倒は終わったとばかりに背を向けてデスクに戻った。

「梶原！」

「はい！」

ひょろっとした蒼白い顔の男が立ち上がる。

「秋谷倉庫と泉産業の振り分けは？」

「今、やってます」

「遅い！　そっちは私がやるから、あなたは井上君に仕事を教えてあげて」

「え？　それは、冴木さんの役目じゃ……」

「私が指示してるの！　やりなさい！」

「すみませんでした！」

梶原は直立して詫び、すぐに作業中のデータを共有フォルダにアップした。

そして席を離れ、瀧川の下に歩み寄ってきた。

「あの……」

おどおどと瀧川を見やる。

瀧川は立ち上がった。

「本日よりお世話になります、井上です」

頭を下げる。

「梶原良男《よしお》です。よろしくです」

か細い声で言い、肩をすぼめて、ぺこりと頭を下げる。顔を上げる時、ずれた眼鏡を同時に上げた。

ドラマに出てきそうなうだつの上がらないサラリーマンの風体そのものだ。

「さっそく、基本的なことを教えさせてもらいますね。そのノートパソコンを開いてください」

梶原に言われ、瀧川は座った。ノートパソコンを開く。タッチパッドの下に識別番号が記されていた。

「これは、井上さん専用に会社から支給されたものなので、プライベートでは使わないようにしてくださいね」

斜め後ろに立ったまま話す。

「起ち上げてください。まずはログインです」

丁寧に指示する。

瀧川は電源を入れた。まもなく、アノンGHDのロゴが画面で動き回り、その後、ボックスが表示された。

ワイヤレスマウスのスイッチを入れると、画面のカーソルが動くようになった。

「ログインIDは、社員証に記された社員番号です。パスワードは管理部共通で小文字j大文字C数字505小文字pz——」

梶原の言葉通り、IDとパスワードを入力し、ログインボタンをクリックすると、管理部が使用するデータフォルダの一覧が表示された。

医療、介護、建設、SE、飲食、小売などのフォルダ名が並ぶ。

「フォルダは業種ごとに分けられています。冴木副部長や吉岡《よしおか》部長、今日は出張で不在ですが、上の指示に従って、該当するフォルダを開きます。たとえば、ホテルのイタリアンレストランにコックを三ヶ月派遣するとしましょう。まず、どこを開きますか？」

「飲食、ですか？」

瀧川は振り返って見上げる。

「そうです」

梶原は満面の笑みでうなずいた。

「クリックしてみてください」

言われ、飲食タイトルのフォルダをクリックする。

次のフォルダには、フレンチ、イタリアン、和食、懐石などのタイトルが並んでいた。

イタリアンのフォルダを開いてみる。ずらりと登録者名が並ぶ名簿が表示された。

「これで大丈夫ですか？」

「はい、ここまでは順調です。次に、右上の検索窓の▼印をクリックしてください」

梶原が言う。

小さな▼印を矢印の先でちょんと叩くと、未派遣、派遣、短期、長期といった項目が記された。

「今回の場合、未派遣を選びます。選択してみてください」

カーソルを操作して選択すると、自動的に現在派遣されていない料理人が検出された。

「基本的な操作はこんな感じです。あとは、その中から派遣先の希望や適性をチェックして、依頼された人数分を選定し、登録者の了承を経た上でクライアントに派遣するという流れになります」

「それだけですか？」

「はい、それだけです。なんですが、その〝それだけ〟が結構難しいんですよ」

梶原がようやく、空いた椅子を引き寄せ、瀧川の隣に腰かけた。

「まず、三ヶ月きっちり働いてもらえる人を探します。この場合ですと、ちょっといいですか」

梶原は瀧川のノートパソコンを引き寄せ、マウスを取る。

「検索窓に派遣期間を入力します。年月日を入れます。開始日の西暦年と月と日を入れ、ハイフンを入れた後に終了年月日を入れて検索してみますと」

エンターキーを押す。

瞬時に、表示された登録者の中からその期間に派遣可能な人物が表示される。

「これに、給料や休暇条件などを入れてみます。月額四十万、週休二日と入れてみましょう」

検索窓に月400000、週休2日と条件を入れて、ソートをかける。

一気に数が減り、表示されたのは五人分のデータだけだった。

「ずいぶん絞れるんですね」

「給与と休暇のデータを入れただけでもこれほど減るんです。たとえば、依頼主が六人の派遣を希望していたら、これでは足りませんよね。その時は、条件に近い人を説得しなければなりません。逆に、条件が合った人から断わられることもあります。その調整は結構骨が折れます。特に、職人気質の専門性を持った登録者は自分を安売りしないので、条件面の折り合いを付けるのが大変です」

「なるほど、調整が必要なんですね。先ほどの仕事で苦労されていたのも、そのあたりですか？」

「ええ。企業側も人手は足りないんだけど、コロナ禍で業績はよくないですから単価を下げようとします。けど、単価の低い仕事には人は集まりません」

「失業者が増えているにもかかわらず、ですか？」

「はい。企業側はそうした足下を見てダンピングしてくるんですが、なんでもいいから働けというわけにはいかないんですよ。ある程度の給料水準がないと、生活が成り立ちませんからね」

「そりゃそうです」

瀧川が深く首肯する。

「そこで、依頼主と登録者双方に打診して、折り合いのいい値段を交渉して、派遣を決定するんです。双方の交渉は営業部の仕事なんですが、管理部はデータの状況を見て、折り合いが付きそうな値段や条件を営業部に提示しなければなりません。それがとても面倒……いや、難しいんです。時に、営業部からも文句を言われることもあります。そんな条件で交渉できるか！　とかね」

弱々しい笑みを浮かべる。

「冴木副部長くらい、バシッと物を言える人なら、なんてことない話なんでしょうけど、私のような者にはそこまで言わなくてもと思うほど、いろいろ言ってきますからねえ。人を見て態度を変えるんですよ、みんな」

仕事の話なのか、愚痴なのかわからなくなってきている。

が、根っこが悪いようには見えない。

「ここから先は、実際の仕事をしながら覚えていくしかありませんので、私が進めている仕事を見ておいてください。隣で仕事をしますので」

「僕が、梶原さんのデスクに行きますよ」

「いやいや、私の隣は埋まっているんで。こっちの方がやりやすいですしね」

ちらっと瑠美の方を見やり、席を立つ。

なるほど、彼女から遠ざかれるからか。

瀧川はくすっと笑った。

とりあえずは、このフロアに馴染んで、足がかりをつかまなければ——。

笑顔でフロアを見回しながらも、次なる戦略に向け、すでに頭は回り始めていた。

4

藪野は京都に潜伏したまま、今村からの連絡を待っていた。

もう五日になる。

富安の件は他の者に預け、自分は身を退くつもりでいたが、今村は〝組対四課の田所〟として動くよう、命令を出した。

潜入中に上司の命令に背くことは任務放棄となる。

気に入らなければ、職務放棄して、一般人となればいいが……。

これが、作業班員となると、一筋縄ではいかない。

一般人に戻っても、彼らはなんだかんだと接触してきて、あわよくば外部協力者として自分らをこき使おうとする。

かつて、共に作業班員を務めていた友岡《ともおか》のように腕を失うほどの大怪我を負えば別だが、それでも機会があれば使おうと画策するのが公安部だ。

無傷ならなおさら放してはくれない。

作業班員となってからずっと、深い沼の底を歩いているような気分だ。

しかし、歩き続けなければならない。

歩みを止めれば、そこで溺れ死ぬ。

現在、藪野が待っているのは、富安を尾行している作業班員からの報告だ。今村を通して報《しら》されることになっているが、それがまだ届かない。

京都水族館前の広場で富安たちを解放した後、彼らは必ず、安西に接触するはずだと踏んだ。

だが、五日経っても、富安らが安西と会った、という報告はもたらされない。

もちろん、安西の居所もわからないままだ。

富安の様子を間近で見た藪野は、連中がなんらかの新組織を起ち上げようとしていることはあきらかだと確信している。

にもかかわらず、富安たちに動きはない。

警戒して動きを止めたか、はたまた、藪野の読み間違いか……。

ホテルの一室に籠もり、ジリジリしていると、スマートフォンが鳴った。

ベッドに仰向けになっていた藪野は上体を起こし、サイドボードに置いたスマホを取った。

今村からだった。

繋いで、耳に当てる。

「俺だ。何やってんだ、おまえら」

つい、毒づく。

今村は藪野の苛立ちをスルーして、話し始めた。

──富安が動かない。接触しろ。

「見張ってりゃいいだろうが」

──時を無駄にするだけだ。動かない時はこちらから仕掛ける。鉄則だろう？

電話の向こうでにやりとしている今村の顔が容易に想像でき、苛立ちが増す。

──青翠連合の息がかかった探偵が、どうやら安西の居場所を見つけたらしいと伝えてこい。

「あ？　そんなハッタリ、利くわけねえだろ」

スマホを睨みつける。

──そこはなんとかしろ。

「結局、丸投げか……。おまえら、絵図の一つも描けねえのか？」

──現場のことは現場の判断に任せる。それとも、俺が命令すれば、その通りに実行するか？

今村が言う。

藪野は奥歯をギリッと嚙んだ。

そうしてやるとは、冗談でも口にできない。了承すれば、本当にろくでもないことをさせられる。

「わかったよ。いつまでだ？」

――三日待つ。おまえから情報が入らなければ、別の者を動かす。

「なぜ、ここへ来てそんなに急いでんだ？」

藪野が訊いた。

――仕事は一つじゃない。早期に片づけられるものから処理していかなければならんだろうが。

「言うほど、時間かかってねえぞ」

――とにかく、三日だ。

今村は藪野との会話を一方的に打ち切り、電話を切った。

藪野は通話が途切れたスマホを見つめ、つぶやいた。

「なんかあるな」

作業班員の〝勘〟が全身を駆け巡った。

5

初日の仕事を終えた瀧川は、梶原に連れられ、会社近くの居酒屋に来ていた。

コロナ禍の時短営業中で、店内に客もまばらだ。四人掛けのテーブルに斜向かいに腰かけた。

「申し訳ないですねえ。本当なら、部署をあげての新入社員歓迎会をするところなんですけど」

「仕方ないですよ、こんなご時世ですから」

瀧川は目元に笑みを滲ませた。

生ビールを頼んだ。店主がすぐにビールをなみなみと注いだジョッキを二つ持ってきた。

「では、ようこそアノンGHDへ」

梶原がジョッキを持ち上げる。

「よろしくお願いします」

瀧川は会釈し、ジョッキを合わせようとした。が、梶原は当たる前に自分のジョッキを引っ込めた。

「ごめんなさいねえ。こんなご時世だから、接触は……」

「あ、そうですね。気づかず、すみません」

「いやいや、いいんですよ」

梶原は言うと、重ね付けしているマスクを外し、ぐいっと半分ほど飲み干した。すぐさまマスクをし、鼻の上までしっかりと覆う。

「神経質に見えるでしょう？」

「そんなことはないですよ」

瀧川は微笑み、梶原と同じようにマスクを外して一口飲み、すぐマスクを元に戻した。

「小声で普通に話す分には大丈夫だとわかってはいるんですよ。ただ、私は糖尿も高血圧も持ってるんでね」

「本当ですか！」

目を丸くする。

蒼白くひょろっとした風体から想像できるのは、どちらかといえば、低血圧や貧血だ。

「私も歳なんでね」

「失礼ですけど、おいくつですか？」

「今年五十になりました」

そう答え、また同じようにマスクを外してビールを飲む。

同い歳くらいかと思っていたが、予想以上に年配だった。

驚きを隠せない瀧川を見て、梶原は小さく笑い、眼鏡を指で押し上げた。

「井上さんはおいくつですか？」

「僕は三十三になります」

「私のことを同じくらいの歳だと思っていたでしょう？」

「すみません……」

　素直に詫びる。

「いいんです。いつも、若く見られるんですよ。痩せてるわりには歳なりの皺もないし、髭がないので肌はツルツルしている感じがありますしね。メリハリはないけど、老けづらい顔立ちですし。老けないのはうらやましいと言われることもあるんですけど、年相応に老けてくれないというのも、なかなかつらいものがあるんですよ」

　梶原は苦笑し、サッとお通しを口に入れ、ビールを飲んだ。すぐにマスクを戻す。

「若造に見えるので、クライアントや社内でも、どちらかというと舐められますしね。五十歳だと聞いて態度を変える人もいるんですけど、それもまたあからさまなので、私も先様もなんとなくギクシャクしてしまいますしねえ。なんで、普段は歳を明かさず、相手が思っていそうな年齢らしい振る舞いをするようにしているんです」

　梶原はよくしゃべる。

　社内では話す人がいないのだろうなと察する。

　梶原が瑠美に怒鳴られている時、オフィス内のそこかしこでは失笑が散見された。

　アノンGHDは若い役付き社員も多い。実力主義の社風では、うだつの上がらない梶原のような社員は肩身も狭いのだろう。

「梶原さんは、こちらは長いんですか？」

「ええ。創業当時からの社員です。大学卒業後、他の会社から三年で入社したんで、もう二十五年になりますか」

「大ベテランじゃないですか」

「ただ、長くいるだけですよ。昔はね、二十人くらいですべてを切り盛りしていました。管理も営業もなく、総出でいろんな仕事をして、会社を大きくしてきました。私はそれほど力にはなれませんでしたけどね。創業当時のメンバーはほとんど幹部職になって、辞めていった人たちも起業して立派にやってます。くすぶっているのは私ぐらいです」

自嘲する。

「いえ、長く勤めるということだけでもすごいと思います」

「ありがとう。慰めでもそう言ってくれると少しは救われます」

「いやいや、本当にそう思っているんです。一つ所に長くいて、その道を歩み続けるというのは、誰でもできることではありません。毎日、会社を行ったり来たり。それを三十年弱、勤め上げれば四十年も続けることになります。そうしたルーティンを生涯淡々とこなせるのは本当にすごいことだと思います」

力説すると、梶原は目尻に深い皺を滲ませた。趣のあるその表情を見ると、五十という年齢もうなずける。

「でも、創設時メンバーなら、社長や取締役の方々とも懇意なのでは？」

瀧川はさりげなく訊いた。

「知ってはいるが、懇意ということはありません。幹部職の半分以上は、私より後に入った若い人たちですし、社長や常務などは、もう私の存在すら忘れているんじゃないかと思いますよ」

どこまでも弱気な発言が続く。

普通に入社した者なら、出世コースから外れた窓際のおじさんのネガティブ発言を聞かされることに辟易《へきえき》するだろう。

が、瀧川は心の中で梶原をロックオンしていた。

創設メンバーで、上層部の顔は見知っている。同期で起ち上げからがんばってきた人たちが仲間を忘れるはずがない。

梶原と親しくしていれば、必ず、上層部に繋がる糸はつかめる。

瀧川はそう踏んだ。

「梶原さんは、人材派遣会社について、どう思っているんですか？」

訊いてみる。

今はとにかく、なんでも話させて、少しでも梶原の人となりをつかみたい。

「井上さんはどう思います？」

「調整弁だと言われて、何かと批判を浴びてはいますが、必要な職種だと思います。企業は余剰人員を抱えるわけにはいかず、といって、人員が不足すると経営に支障が出る。その時、ワンポイントリリーフみたいな存在は必要で、それを提供するのが人材派遣会社だと思っていますので」

「いい回答だけど、私の見解とは少々違いますね」

「梶原さんのご意見は？」

「女衒《ぜげん》」

一言漏らす。その声色は、先ほどとは違い、力のこもったものだった。

瀧川が見つめていると、梶原はあわてて笑顔を作った。

「あ、いや、格好を付けてしまいました。仕事柄、働きたい人と会社の仲介をして、手数料を取っているわけだから、人買いとあまり変わらないなと思う時もありましてね。あまりいい言葉ではありませんでした」

梶原はマスクを外して、残ったビールを飲み干した。

「何か食べましょうか。ここの一品はどれもおいしいですから」

そう言うと、メニューをテーブルに置いて、あれこれ注文し始めた。

瀧川は笑顔で見つめつつも、梶原の中にありそうな闇というか、澱《よどみ》のようなものの正体が何なのか、気になった。

6

藪野は今村から指示を受けたその夜、富安が出入りしているスナックに顔を出した。

新型コロナ対策で時短要請が出ている中、開いている店はごくわずか。資金繰りに困って開けているところもあるが、そうした店の中には順法精神がまったくないところもある。

富安たちが出入りしている店はもちろんそういった店だが、そもそも通常時から素人が立ち寄る店ではないので、一見《いちげん》客の藪野の顔を見た五十代くらいの細身のママは、その筋の者さながらの目つきで睨みつけてきた。

「なんや？」

不愛想に問いかける。

「富安はいるか？」

呼び捨てにすると、ママの眉間に皺が立った。

「誰に物言うとるんじゃ」

「あんたに訊いてるんだよ。富安はいるのか？」

「ナメたらアカンで。ここがどんなとこか知って、そないな口利いとるんやろな？」

「うるせえなあ。富安がいるのかいないのか、さっさと言え」

言い合っていると、奥から大柄の男が現われた。

「誰や、さっきからわしを呼び捨てにしとるんわ」

どすの利いた声で言い、顔を上げる。

途端、藪野を認め、表情を硬くした。

「これは、田所さん」

会釈をする。

藪野は右手を上げて、挨拶をした。

「あんた、こいつ誰？」

ママが藪野を睨んだまま、訊く。

「マル暴さんや」

聞いた途端、ママの顔があからさまに強ばった。

「心配あれへん。別に、わしをパクりに来たわけでも、ガサに来たわけでもない。そうですやろ？」

「ああ、おまえに話があって、寄らせてもらっただけだ」

「すんません、礼儀知らずの女で。こちらへどうぞ」

富安がカウンター奥にある個室に招く。

藪野はポケットに手を突っ込み、肩を揺らして奥へ進んだ。

「酒とつまみ、持って来い」

ママに命令して、薮野の横に並ぶ。

「おまえの女か?」

「ええ、まあ」

「もう少し、教育しとけ。あれじゃあ、ここに何かありますと言ってるようなもんだぞ」

「ご指導、ありがとうございます。あとできっちり教えときますんで。こちらです」

二つ並ぶ部屋の引き戸を開いた。中には若い者が三人いた。いずれも、京都水族館前の広場にいた連中だ。

薮野を見やり、低姿勢な富安の様子に気づくと、立ち上がって一礼した。

「おまえら、田所さんと話があるから、カウンターに行ってろ」

富安が命令する。

若い者たちは富安のグラスと皿だけ残して、自分たちの分は片付け、サッとテーブルを拭いて、個室から出て行った。

「こっちは教育できてんだな」

「さすがに下のモンの教育ができてへんと、シャレになりませんので。どうぞ」

奥の席を指す。

薮野は奥へ入り、座った。

ママの代わりに、若い者が酒とつまみを持って来る。湯葉と生麩の小鉢が薮野の前に出された。

テーブルの脇に日本酒の瓶を置く。

「これ、月の桂っちゅう、京都では有名な酒なんですけど、特別純米の限定品やから、他では飲めん代物です」

「いいのか、そんな酒もらって」

「かましまへん。どうぞどうぞ」

富安は大きめのぐい飲みに常温の酒を注いだ。

さっそく飲んでみる。口に入れた時はほのかな甘みが広がるが、くどくなく、さらりとした酸味が喉を洗っていく。

がつんと酒を感じるというよりは、香ばしい上質の水を飲んでいるような上品な味わいだった。

湯葉をつまんでみる。臭みのない豆乳から作られた湯葉は、大豆の味がしっかりしている。そのヒダに滴る出汁は、さすが京都と唸りたくなるほどの絶妙な味わいだ。

生麩も、もちっとした食感と自然の甘さが口の中でとろけ合い、なんともうまい。

酒を含むと、湯葉や生麩の味わいが増した。

「この小鉢、たいしたもんだな」

「湯葉も生麩も出汁も、あれが作ってるんですよ」

目でカウンターにいるママを指す。

「ガサツな女に見えるでしょうけど、意外と細やかなところもありましてね」

「そこに惚れたか？」

「まあ。昔はなかなかの美人でしたし」

富安は笑った。

「おまえ、足洗ったんだろ？　これだけの料理を作れて、酒を選ぶセンスもある。ちゃんとした店を出してやったらどうだ？」

「予定はしてたんですがね。コロナでめどが立たなくなってしもたんですわ。せっかく残してた開業資金も、生活費で飛んでいきますしね。そやから、時短要請も無視して、ここを開けとるんです」

「ここを開けてても、そんなに客は来ないだろう？」

「それがそうでもないんですわ。こんなご時世でもフラフラしとるヤツは結構いましてね。そいつらが流れで落としていくゼニも案外バカにならんのです」

「厄介な連中じゃねえのか？」

「そら、そういう輩もおりますけど、そっちに関してはわしらも元プロですんで」

富安は笑みを浮かべた。

相手をねぶるような目つきは、現役のアウトローを彷彿とさせる。時折覗かせる富安のそうした一面に触れると、裏社会から離脱したという話はどうしても嘘に思える。

おそらく、組はなくなったが、裏の世界から完全に足を洗ったわけではないのだろうと、藪野は感じていた。

「しかし、よくここがわかりましたね」

富安が探るように訊く。

「ちょっと調べりゃ、おまえの出入りしている先ぐらいはわかる。その点に関しては、こっちもプロだからな」

藪野はさらっと答えた。

富安を警戒させることになるが、ごまかす方が後々やりにくくなると判断したからだ。

「そら、そうですね。さすがですわ」

笑顔を作ったまま、藪野のぐい飲みに酒を注ぎ足す。

「で、今日はなんですか？」

「青翠が動きだした」

藪野が言う。

富安の動きが止まった。

「本庁からの報告だと、青翠は安西のヤサを見つけて、向かっているということだ」

「ホンマですか？」

怪訝そうな表情を覗かせる。

「真偽はわからねえ。俺が調べたことじゃねえからな。ただ、偽情報だろうが、捜査当局に情報が入ってくるということは、それだけこの話が出回ってるってことだ。大ごとになれば、安西もうまくねえだろ」

「そうですね……」

「安西のガラ、俺に預けてみねえか？」

藪野が切り出す。

富安が眉尻を上げた。先ほどまでの笑顔は消え、荒々しい本性を剝き出しにする。

「親父をパクる気か？」

声のトーンが一段低くなる。目の端に、酒瓶を握り締める富安の手元が映った。

「パクるも何も、安西が何かしたわけじゃねえだろ」

藪野は平然と答えた。

緊迫した場面では、動じないことが大事だ。

少しでも怯えたり、挙動不審な様子を示したりした瞬間、富安は酒瓶で藪野を殴りつけるだろう。

「警察がガラを預かってるとわかりゃ、青翠の人間らも手を出せねえ。どころか、山盛が安西を狙ってることも明らかになる。そうなりゃ、痛くねえ腹を探られるのは山盛と青翠だ。上のモンは嫌がるだろうよ」

藪野は思いつくまま、話をした。

富安は酒瓶を持ち直し、藪野の向かいであぐらを組み、自分のぐい飲みに手酌した。

一気に飲み干し、もう一杯注ぐ。

「あんた、なんでわしらに肩入れするんや」

富安が見据える。

「別に、おまえらに肩入れしてるわけじゃねえ。事を大きくしたくねえだけよ。俺らの仕事が増えるだけだからな」

素っ気なく言い、酒を飲み干す。

「極道が揉めるのは仕方ねえ。そっちにはそっちの理屈があるだろうから、それ自体は止めねえ。だが、今回の件は、ちいと話が違う。西比良組は解散して、山盛との因縁のカタは付いてる。終わった話だ。おまえらは解散と同時に足を洗った。つまり、カタギだ。問題は三つある」

藪野はぐい飲みを差し出した。富安は片手で酒瓶を傾け、注いだ。

少し喉を潤した藪野は話を続けた。

「一つは、おまえらがカタギになってるということ。いくら元ヤクザだったとはいえ、カタギになりゃあ、昔の看板は関係ねえ。カタギになっても追い回されるとなると、いつまで経ってもヤクザはヤクザのままってことになるからな。それじゃあ、カタギになる意味がなくなっちまう。もう一つは、過去の因縁の蒸し返し。こいつが始まると、ヤクザのケンカは止められなくなる。山盛の中にはまだ西比良が潰されたことをおもしろく思ってねえ復帰希望組もいるからな。火がつきゃ、分裂の再燃だ。日本最大の暴力団にまた騒動を起こされるのは迷惑だ。そして、三つ目だが、こいつが最も大事だ」

酒をぐいっと飲み干し、富安を見やる。

「いっぺん収まった騒動を蒸し返されたら、俺らのメンツが立たねえ」

ぎろっと睨んだ。

富安が少し目をひきつらせた。

「おまえらにもメンツがあるように、こっちにも国家権力としてのメンツがある。法律の裏付けを持った大義のあるメンツだ。こいつを潰されりゃあ、黙っちゃいられねえ」

眼力がこもる。

富安はその威圧から逃れるように、わずかに仰け反った。

「うちは怖えぞ。本気を出しゃあ、反社会勢力のほとんど全員をぶち殺せる」

藪野は富安から酒瓶を奪い、手酌で酒を注いだ。

ぐっと飲んで、大きく息をつく。そして、笑みを浮かべた。

「まあ、ぶち殺すってのは言い過ぎだがよ。的をかけた組織の連中を引っ張ることくらいはたやすい。ムショにぶち込んだ後は、どうにでも料理できる」

「汚ねえな、あんたらは……」

富安は嫌悪を滲ませた。

「ヤクザも同じだろ？　無法者が汚ねえだのなんだの泣き言言ってんじゃねえよ」

ぐい飲みを置いて、富安をまっすぐ見つめる。

「まあ、おまえらがどう思おうが、この三つの問題をいっぺんに片づけるには、安西を俺らが保護し、その情報を裏社会の連中に流すことだ。おまえらが新組織を作ってねえんなら、俺らが山盛を動けなくしてる間に、先方の誤解を解いたらいい。そうすりゃあ、面倒も起こらず、血も流れず、万事解決だ」

ポケットからスマートフォンの番号を書いた紙を出し、テーブルに置いた。

「二日やる。安西と話して、どうするか決めろ。早え方がいいぞ。青翠の情報が本物だったら、今晩にでも安西のヤサが襲われるかもしれんからな」

立ち上がり、個室を出る。

カウンター越しに、藪野はママに目を向けた。

「さっきはすまなかったな、ねえさん。湯葉と生麩、うまかったよ」

「あんたの舌で味わかるんか？」

そう返すママの目元に笑みが滲む。

「こう見えてもグルメだよ」

藪野は笑顔を覗かせ、店を出た。

そのままビルから出て、少し歩く。正面からスーツを着崩した三十代くらいの男が歩いてきた。

男が右手の親指と人差し指で輪っかを作る。0課の人間という合図だ。

藪野はすれ違いざま、顔を向けることなく言った。

「動くかもしれねえ。人数かけろ」

そう伝え、富安たちの仲間がいなそうな場所まで素知らぬ顔を決め込み、そのまま歩いた。

7

白瀬は日々、小野江里子の動向を追っていた。江里子が家にいる時は近くで見張り、出かければ尾行する。

時々、他の作業班員に監視を任せつつも、多くの時間は白瀬一人で江里子の調査を行なっていた。

江里子の住まいは、実家から徒歩で十五分ほどの場所にあるマンションの三階にあった。間取りを確認すると、五十平米の二LDK。特に、江里子以外の者が出入りしているという情報はなかった。

職場は、大手のゴム製品製造会社だ。工業用の高性能ゴム用品から日常品用のものまで、幅広い分野の製品を作っている、地元では有名な企業だった。

江里子は総務部で働いていた。

仕事内容の詳細はわからないが、江里子の職歴を知り、白瀬は疑念を濃くした。

江里子にアノンGHDのことを訊ねた時、明確に〝聞いたことがない〟と言った。

その上で、兄の失踪と関係があるのかと問い返してきた。

人材派遣会社とは程遠い職場ならともかく、工場や支店も含めて五百人規模の会社の総務に勤めていれば、アノンの名前くらいは耳にしたことがあるはずだ。

工業製品の工場従業員に派遣会社を使うことも多い。また、中規模以上の会社であれば、経理や事務を派遣社員に任せているところも多々ある。

江里子は正社員のようだが、総務部の正社員であればなおさら、人材派遣会社には精通しているはずだ。

少なくとも、人材派遣最大手の企業名を聞いたことがないというのは不自然だった。

なぜ、江里子が少し調べればわかるだろう嘘をついたのか。

別れ際、白瀬に不意に聞かれて戸惑い、とっさに嘘をついてしまったのかもしれない。

喜明の件を問い返したのは、嘘を正当化しようとしたために出てしまった言葉か。

いずれにせよ、江里子が何かを隠している線は濃くなった。

そう睨んで監視を強化しているが、目立った動きはない。

毎日、午前九時に出勤して、午後五時には仕事を終え、スーパーで買い物をして帰宅。

コロナ禍だからか、同僚や友人と飲食店に立ち寄るといったことも一切ない。

坦々と出社して帰宅するだけの日々を送っている。

SNSで接点を探ろうとしたが、ツイッターやフェイスブック、インスタグラムといった類のものはやっていない。

別の作業班員に交友関係を調べさせると、高校や大学の友人とは付き合っているようだが、異性関係の噂は出てこなかった。

離婚した江里子の元夫は、同じ会社の研究開発室で働いている。元夫もまだ再婚はしていなく、浮いた噂もないようだった。

ただ、少し気になる話もあった。

江里子と元夫は、社内でも評判のおしどり夫婦だった。

二人とも子供を望み、江里子は忙しい中、不妊治療も行なっていたという。

特に揉めていた様子もなく、誰もが二人の離婚は意外性をもって捉えていた。

離婚後も、社内ではそれなりに仲がいいらしい。今でも、二人が離婚したと思っていない社員もいるそうだ。

ここ数日、江里子に張り付いていた白瀬は、その社内の噂が気になっていた。

退社時刻となり、江里子の勤める会社からぞろぞろと仕事を終えた社員たちが出てくる。

江里子の姿を認めた。今日も玄関で同僚たちと別れ、一人で帰途に就く。

白瀬はスマートフォンを出した。江里子の背中を目で追いながら、会社周辺で白瀬と共に江里子の尾行をしている作業班員に電話を入れた。

「もしもし、俺だ。小野江里子の尾行を任せる。不審な動きがあれば、すぐ連絡を」

そう指示し、電話を切る。

そして、玄関に目を向けた。

江里子が会社を出て十分後、元夫の日向正治《ひゅうがまさはる》が出てきた。

朴訥《ぼくとつ》としたやや細身の男性だった。黒縁の眼鏡は少し大きいのか、鼻の先に垂れている。一見すると冴えない男だが、誠実そうではあった。

白瀬は日向の背中を見つめ、後ろを歩きだした。

江里子のマンションとは反対方向へ歩いていく。日向も徒歩通勤のようだ。

山陽電鉄本線沿いを西新町駅から西へと進む。特に、周囲を警戒する様子は見せない。

途中右折して、山陽電鉄本線の高架を過ぎ、立石地区に入っていった。新旧の一軒家が立ち並ぶ、整備された住宅街だ。

二メートルほどの路地を右に左にと進み、曲がり角沿いにある一軒家の前で立ち止まった。

二階建てのこぢんまりとした家だ。まだ築年数は浅いのか、外壁や玄関、門戸は小ぎれいだった。

一階や二階の雨戸は開いていて、カーテンもレースだけだった。中には明かりも点いている。カーテン越しに人影も認めた。

白瀬は首をかしげた。

同居人がいるという報告はなかったな……。

日向が家に入っていく。それを確かめ、白瀬はゆっくりと家の前を通った。

カーテンの隙間から中を覗く。年配の女性が部屋の奥へと消えていく。

「両親か？」

気になるが、そのまま通り過ぎた。

地方の住宅地。見知らぬ者が立ち止まって家を見つめていれば、たちまち怪しまれる。

見たところ、周囲に隠れて見張る場所もない。

ちょっと、手を考えよう――。

白瀬は思いつつ、住宅街を歩いた。

8

「では、お先に失礼します」

瀧川は挨拶をして、オフィスを出た。

きっちり、午後六時の退社。一部管理職以外、残業は認められていない。コンプライアンスを徹底していた。

エレベーターホールへ向かう。少し前を梶原が歩いていた。

「梶原さん」

駆け寄る。

梶原は立ち止まって振り向いた。

「お疲れさんです。夕食でも一緒にどうですか？」

瀧川が誘う。

「いや、ずっと外食だと財布の中が厳しくなるんでね。今日は帰ります」

梶原は自嘲気味に笑った。

「給料、安いんですか、ここ？」

瀧川が訊く。

「いえいえ、それなりにもらってはいるんですけどね。私は、田舎の母に仕送りしてますものでﾞ、なんだかんだと出ていくものが多くてねえ」

「そうだったんですか。里はどちらですか？」

「秋田です。母も今年八十三歳になるので、そろそろ私と同居してほしいんですが、長年暮らした家がいいと言いましてねえ。山間の集落なので、買い物や病院に行くのも不便だし、冬になると雪下ろしが大変だし。暮らしにくくなっているはずなんですけどねえ」

梶原はため息をついた。

エレベーターのドアが開き、二人で乗り込む。一階のボタンを押し、ドアを閉める。

「井上さんはどちらですか？」

「僕は東京です。両親も元気にやってます」

「そうですか。それはよかった」

梶原は微笑んだ。

瀧川が演じている井上和良は、小金井市で生まれ育った一人っ子ということになっている。

両親も健在で父はサラリーマン、母は専業主婦。父は定年退職し、夫婦でのんびり暮らしているという、ごくごく普通の家庭だ。

こうした家庭は、新興住宅地として発展した武蔵野地区には当たり前のようにある。

今村は、今回瀧川を潜入させるにあたって、ごくごく普通の環境で育ったという人物背景を作った。

相手によっては、ターゲットに合わせた設定をすることもあるが、今回は長期も視野に入れた潜入だ。

細工がしやすく、相手に突かれる隙を与えない設定が必要となる。

その場合、ありふれた設定にするのが定石だ。いわゆる〝普通〟の背景は用意するのが簡単で、いざという時にどうにでもアレンジできる。

公安部は、万が一、敵が井上和良の身元を調査してきた時に備え、実際に、中央線の武蔵小金井駅から徒歩三十分のところに井上の実家を設け、偽の両親を仕立てていた。

もちろん、その両親も作業班員だ。年配者が必要な時は、ＯＢに仕事を依頼することもある。

仕込みが必須となった時の公安部の仕事ぶりは、恐ろしいほど完璧だった。

「お母さんは、ずっとお一人なんですか？」

瀧川が訊いた。

「五年前に父が死にましてね。以来、一人で私の生家で暮らしています。隣の県に妹夫婦がいて、連絡は取ってくれています。私もたまに帰ってはいるんですが、今はコロナ禍で帰郷もできないので、少し心配です」

梶原はやるせない吐息を漏らし、話を続けた。

「それに、本社が神子島に移ったら、そうそう戻れなくなります。どうしようかなあと考えているところです」

「どうしようか、とは？」

「早期退職して、秋田に戻ることも考えなきゃならないかなと」

梶原の吐息が大きくなる。

瀧川はなんとも返しようがなかった。

エレベーターが一階に到着する。ドアが開いた。

「いや、あなたに聞かせる話ではありませんでしたね。気をつかわせて申し訳ない」

「いえ……。僕の方こそ、何か気の利いたことを言えればよかったんですけど。でも、話したい時はあるでしょうから、その時はいつでも言ってください。僕でよければ、話し相手になりますから」

「ありがとう。君は優しいね」

「梶原さんにはお世話になってますから」

話しながら、社屋を出た。

そのまま駅まで雑談をしながら行き、改札を潜ったところで別れた。

梶原とは電車が逆方向だ。会釈をして見送り、ホームに入ってきた電車に乗り込む。

新型コロナで移動の自粛が求められているとはいえ、朝夕のラッシュ時は人も多く、車内も込み合っている。

瀧川は奥へ入り、なるべく周りの人と距離が取れる位置に立った。

どこにウイルスが潜んでいるか、わからない。

電車の吊革や手すり、エスカレーターの手すりなどにもひょっとするとウイルスが付いていて、その手で顔に触れると感染する可能性も否定できない。

瀧川は吊革や手すりに触れた後は、用意している携帯用のアルコールスプレーで消毒するようにしていた。

そこまで神経質にならなくても――。

普通のサラリーマンだったら、そう思っていたのかもしれない。

しかし、潜入を果たして一カ月も経っていない今、罹患するわけにはいかない。

アノンＧＨＤの仕事は、テレワークでもできることも多いが、本社移転が間近に控えているので社員たちの多くが出社している。

これが、神子島に完全移転すれば、テレワークが促進され、社員たちと直接顔を合わせる機会も少なくなるだろう。

神子島へ移転するまでの期間は、瀧川にとって、とても貴重な時間だ。

その期間を、入院、隔離で潰すわけにはいかない。

最寄り駅に着き、自宅マンションへ戻ると、玄関でスーツを脱いでアルコールを振り、そのまま玄関にあるハンガーに掛け、半裸のままバスルームに入った。

脱いだものを洗濯機に放り込み、シャワーを浴びる。

アノンGHD本社への出社が始まってからは、帰宅後すぐにシャワーを浴びるという行動がルーティンになっていた。

スッキリとして、ジャージに着替え、バスタオルで頭を拭いながらリビングへ入る。

冷蔵庫から缶ビールを出し、テーブルの前に座って一息ついた。

テレビを点けて、缶のプルを開け、一口飲む。朝からフルタイムで働き、シャワーを浴びた後のビールは格別だ。

普通の会社勤めをしていると、こんな毎日なんだろうか……と想像する。

交番警察官は交代制で夜勤もある。退勤の時間は決まっているものの、間際に事件が飛び込んでくれば、そのまま現場へ急行することもしばしば。

何より、勤務中は極度の緊張を強いられる。万が一、凶悪な事件の凶暴な犯人と対峙することになれば、文字通り、命懸けで任務を遂行せざるを得ないからだ。

が、アノンGHDで井上和良として働いている時に、命の危険を感じることはない。

当たり前のことなのだが、その〝当たり前の平穏〟は、正直なところ心地よい。

こんな世界があったのか、とも今さらながら思っている。

このまま何事もなく、井上として生きることになれば、静かで安定した人生を送れるのだろうな……と憧れもするが、平和な時間は続かない。

連日流れるコロナ関連のニュースを見流しながら、もう一口飲んで、缶をテーブルの脇に置いた。ノートパソコンを引き寄せ、開き、起動する。

ログインパスワードを入力し、エンターキーを叩くと、公安部が設置したアノンＧＨＤの情報サイトに繋がった。

ここは、アノンＧＨＤ関連の事案に関わっている公安部員だけがアクセスできるサイトだ。

同部員でも、関係のない事案のサイトにはアクセスできないし、不審なアクセスがあれば、サイト自体が消失する。

公安部の中にあるサイバー専門の部署が徹底管理していた。

こうしたサイトが設置されるのは、長期潜入事案のみ。短期の事案では、電話やメールでのやりとりが基本となる。

これまで短期の事案ばかりを担当していた瀧川にとって、長期潜入用サイトを利用するのは初めてのことだった。

長期事案といえど、都度、短期で駆り出される作業班員たちは、電話やメールでの報告でいい。

長期潜入を命じられた者だけが、毎日、サイトをチェックし、報告することを求められる。

そして、サイトにアクセスすることで、自分は井上和良ではなく、公安部作業班員の瀧川なのだと再認識させられる。

瀧川は、更新されたデータに目を通した。

アノンGHDの本社完全移転があと二週間後に完了するとの内部情報がもたらされていた。

移転終了日は、まだ会社内でも発表されていない。上層部と通じている潜入者、もしくは協力者がいるようだ。

更新されたのは、その情報だけだった。

サイトに情報を上げるかどうかは、その事案の責任者に一任されている。

アノンGHDの事案の場合、その決定権は今村にある。

他にも情報はありそうだが、確かめるすべはない。

瀧川はテキストの入力欄を表示し、今日の出来事をつらつらと書き込んだ。

たいした話はない。

今日も梶原の横で、仕事のイロハを教えてもらっていただけだ。

今は、部署に馴染むのが先決。内部を探りたい気持ちを抑え、一新入社員を完璧に演じていた。

変化のない日常を打ち込み、送信しようとした瀧川だったが、ふと指を止めた。
そういえば、梶原は母親のために秋田へ戻ろうかと話していた。
梶原の手助けができれば、彼ともっと親密になれるのではないか。
「無駄かもしれないけど……」
独り言ち、一文を加えた。
アノンGHD管理部の梶原良男の身上調査を願いたい——。

第三章 危険水域

1

白瀬は住宅会社の営業マンを装い、立石地区の家を一軒一軒回っていた。

インターホンを押して、出てきた住人に呼びかける。

「突然、すみません。アイソウホームの者ですが、このあたりの物件を探してます。ご自宅売却のご予定はございませんか?」

――うちは間に合ってますので。

冷たく言われ、ガシャッと切られる。

一般企業の営業マンは大変だなあ。

インターホンを見つめて苦笑しつつ、次の家に向かう。ゆっくりと歩きながら、住宅街の写真を撮る。

一つは、街全体の詳細をつかむため。地図ではわからない車ガードや突き当たりもある。

もう一つは、日向の家の様子を監視するため。四六時中というわけにはいかないが、日向の家にいる老齢の女性や家の中の様子を少しでも探ればいい。

日向の家から三軒隣の家のインターホンを押した。

「すみません、アイソウホームの者ですが」

声をかける。

――なんでしょうか？

老齢の女性の声だった。

「突然、すみません。実は、このあたりで物件を――」

同じことを言いながら、日向の家を一瞥する。レースのカーテンの向こうでちらちらと動く影が目に映る。

ここもどうせ断わられるだろう……と思っていると、女性は、ちょっとお待ちくださいと言い、インターホンを切った。

「あら、その気の人か」

独り言ちて、苦笑する。

アイソウホームは架空の会社ではあるが、所在地は実際にある住所で、連絡対応もできるようセッティングしてある。

営業マンなどを装う際、うっかり相手が乗り気になってくることもある。

そうした場合、疑われないよう、話を進めることもあれば、実在する同業種の会社に話を繋ぐこともある。もちろん、斡旋と取られない処理をした上でのことだ。

老齢の女性が玄関ドアを開けて、顔を出した。表札には幸澤《ゆきざわ》とある。細身でちょっと吊り目の小柄な女性だった。

「なんでしょうか？」

「先ほど申しましたように、このあたりで物件を探しています。ご売却の予定などがあれば、是非お伺いしたいと思いまして」

「どうぞ」

老女は白瀬を招いた。白瀬は丁寧に一礼し、玄関へ入った。

「ユキザワさんとお呼びしてよろしいですか？」

白瀬が訊く。

「はい、ユキザワです」

老女は言い、上がるよう促した。

白瀬は恐縮しつつ、家にお邪魔した。

リビングに通された。

「どうぞ、そちらに」

ソファーを指される。

白瀬は奥のソファーに浅く腰かけた。

「お茶かコーヒーか、いかがですか？」

「いえ、どうぞおかまいなく」

白瀬が言う。

と、老女は微笑んでうなずき、白瀬の前に座った。

白瀬はさっそく切り出した。

「改めまして、アイソウホームの岩井《いわい》と申します」

そう言い、上着の内ポケットから名刺入れを出し、一枚の名刺を取って、老女に差し出した。

老女は受け取って名刺を見つめ、テーブルの端に置いた。

「ご自宅、ご売却予定ですか？」

白瀬が訊く。

と、老女は微笑んだまま、まっすぐ白瀬を見つめてきた。

「私、立石地区の民生委員を務めております。この頃、地域の方から見知らぬ人がうろついているという噂を耳にしまして、もしかするとあなたのことではないかと思い、お入りいただきました」

「そうですか」

白瀬は笑みを強ばらせた。

「あなた方がお仕事として住宅地を回ることは否定しませんが、田舎の狭い街です。知らない人を見かけるとどうしても警戒してしまいます。あなたを疑っているわけではないのですが、お話は伺ってみないと、みなさんにご説明できませんので。お気を悪くさせたのなら、ごめんなさいね」

「いえ、こちらこそ、飛び込みで回らせていただいていて、住民の方にそのような思いをさせているとは気づきませんでした。申し訳ないです」

「わかっていただければいいのです。こちらの名刺の会社に、あなたの身元を確認させていただいてもよろしいですか？」

「はい、かまいません」

「ちょっと、失礼します」

老女は立ち上がって、別室へ行った。

所在なげに部屋を見回す。隅々まできれいに掃除されていた。リモコンやテーブルの湯呑みなど、きっちりと置かれている。几帳面な性格が一目でわかる。

湯呑みは一つだけ。他に居住者がいる感じはしない。

なにやら話す声が聞こえて、五分もしないうちに老女が戻ってきた。

「失礼しました。確認させていただきました。初対面でぶしつけなことをしてしまって、ごめんなさいね」

「いえいえ、こちらこそ本当にすみませんでした」

深く頭を下げる。

「お茶を淹れますね」

老女が小さな食器棚から湯呑みと茶托を出した。緑茶を注いで、白瀬の前に差し出す。

「どうぞ」

「いただきます」

白瀬はお茶を一口啜った。

ほどよい渋みが口の中に広がり、香ばしい薫りが鼻を抜ける。緑茶を淹れ慣れているのがよくわかる。

静かな生活を淡々と続けてきた女性なんだろうなと想像する。

「幸澤さん、参考までにお伺いしておきたいのですが、このあたりの住宅街は、立石地区に限らず、民生委員さんが訪問者の素性を確認したりする習慣があるのですか？　私どもの会社は、明石では新参なので、そういうルールがあるならどうすればいいのか、ご教示願えれば幸いです」

白瀬が丁寧に訊ねる。

「そういうわけじゃないんですよ。ちょっと前に、このあたりで不審者の目撃情報が多発したことがありましてね」

「いつ頃ですか?」

「二年前くらいだったかしら。それからもちょくちょくそういうことがあったもので、警察に相談してパトロールを強化してもらったら治まったんですけどね。それ以来、このへんのみなさんは敏感になってしまって。なので、見慣れない人が歩いている時は、民生委員が声をかけようということになったんです」

「そんなことがあったんですか。けど、住民の方々が心配なさるような風体の人がうろついていたんですか?」

「そうなんです。ちょっと一般の人とは違う感じでした」

「地上げ屋か何かですか?」

お茶を啜りながら、世間話をするようにさらりと訊いた。

「違うみたいでしたよ」

「じゃあ、なんだったんでしょうね? 誰かがトラブルを起こしたんでしょうか? その人たちが現われる前、何かこのあたりで変わったことはありましたか?」

「そうねえ」

老女は考えながら、湯呑みを握った。そして、小さく顔を上げる。

「そういえば、日向さんのところにご両親が来られるようになってからかしら」

老女が言う。

一瞬、白瀬の目が鋭くなるが、すぐに笑みを作った。

「日向さんとは？」

知らないふりを決め込んで訊く。

「ここから三軒先のお宅です。ご両親といっても、日向さんの元の奥さんのご両親なんですけどね」

「元の奥さん？　日向さんは離婚されてるんですか？」

「そうなんです。仲のよかったご夫婦だったんですけどねえ。あら、岩井さんには関係のない話でしたわね」

老女が笑う。

「そうでした。私もつい」

白瀬も笑った。

世間話のついでに下世話な話も聞いてしまったという体を保った。

「今後、このあたりで営業に回るの、どうしたらいいですかね？」

白瀬が訊く。

「一応、明後日の町内会の回覧では回しておきます。アイソウホームの岩井さんという方の身元は確認しましたと。ただ、それでも飛び込み営業にはあまりいい顔をしない人も多いので、一通り回って、お名刺を渡されたら、あとは連絡待ちになさるのがいいかもしれませんね」

「わかりました。ではまた来週、改めて回らせていただきます。幸澤さんや町内会の方にもご迷惑がかからないようにしますので」

「よろしくお願いしますね」

老女が言う。

白瀬はお茶を飲み干し、何度も礼をして家を出た。

なるほどねー。

老女の話を反芻しながら日向の家を一瞥し、その日はそのまま立石地区を後にした。

2

瀧川は連日、梶原良男に関する情報をチェックしていた。

基本情報は上がってきた。

梶原が話していた通り、秋田出身の五十歳。大学卒業後、別会社から現会長兼社長の武永恭三が中心となって起ち上げた人材派遣会社アノンGHDに入り、創設メンバーと共に会社の発展に尽力した。

創設メンバーとして名を連ねていた三野《みの》博《ひろし》と金井《かない》真平《しんぺい》は、それぞれアノンを離れ、IT関連システムの製作管理会社、投資顧問会社を経営し、グループ企業としてアノンGH

Dに参画していた。

流れを追うと、梶原も独立して会社を率い、グループ企業として参画してもおかしくはなかった。が、創設時メンバーで梶原だけがそうならなかった。

その理由の一端が記されている。

梶原は創設当時、総務部長に就任していた。

しかし、梶原が長を務めていた頃、建設業界への人材派遣に関して、ちょっとしたトラブルが起こった。

昔から日雇い労働者の手配をしていた、いわゆる手配師の大物が難癖を付けてきた。もちろん、その筋の人間だ。

梶原は彼らの対処を一任された。

対処についての詳細はまだ報告されていないが、警察が介入したという情報も上がっていないところをみると、裏筋を使った可能性が高い。

企業が裏関係に問題処理を依頼すると、面倒なトラブルはすぐ解決できるが、その後が大変だ。

何かにつけ、金銭や便宜を強要される。断わったり、無理やり排除しようとすると、場合によっては直接的な被害を被る。

よく、そうした人々を〝ダニ〟と称するが、ダニなんてかわいいものではなく、大きなヒルに吸い付かれるようなものだった。

暴対法の整備も進み、反社会勢力への風当たりも強さを増す中、そうした事例は少なくなってきているが、まったくなくなったわけではない。

手を替え、品を替え、目先の金に群がろうとする輩はごまんといる。

梶原は総務部の部長職を一年も経たずに解かれている。

創業から一年の間に、何か大きな事件が起き、その処理に回った梶原が一人責任を背負わされることになったのかもしれない。

会社が梶原を上層部から外すことで企業を守ったのだとすれば、梶原としてはやり切れない思いも残るだろう。

瀧川は報告に目を通し、そう感じた。

瀧川が今村からの報告で、二週間後に本社の神子島移転完了という計画を知ってから二日後、社内で最終スケジュールが全社員に通達された。

日程は知らされた通りのものだった。

隣の席で瀧川の指導をしていた梶原は、送られてきたメールを見てつぶやいた。

「いよいよですか……」

表情が重い。

「どうするんですか？」

瀧川は小声で訊いた。

「そうですねえ……」

梶原は眉根を寄せた。

移転まで、あと十二日。辞めるつもりなら、本来はもっと早く意思を伝えるべき。日が経つにつれ、切り出しにくくなる。

「僕としては、梶原さんが残ってくれれば心強いんですけど、梶原さんの事情もわかりますから」

「気をつかわせちゃって、申し訳ないねえ」

「いえ」

「梶原！」

話していると、瑠美が自席から呼びつけた。

「はい！」

梶原が立ち上がって直立する。

「前田常務からすぐ来るようにとの連絡が来たから、用意して！」

「でも、まだヨシミアイデアの振り分けが」

「いつまでやってるの！　井上！」

「はい！」

いきなり呼ばれ、瀧川も立ち上がって直立する。

「あなた、梶原の仕事を見ていたから、勝手はわかるよね。続きをやって」

「一人でですか？」

「一つの仕事に何人もかけている余裕はない！　いつまでも新人気分では困るんだ！」

「わかりました！」

瀧川はつい大きな声で返事をした。

「梶原！　五分で引き継ぎをして！」

「はい！」

返事が上擦る。

フロアに失笑がこぼれた。

瑠美は梶原と瀧川を睨み、モニターに目を戻し、作業を始めた。

相変わらず、瑠美は梶原に厳しい。瀧川や他の部下にも厳しいが、梶原に対する態度はもはやパワハラではないかと思うほどだ。

「井上さん、すみませんねえ」

「いえ、大丈夫です。やってみます」

「そうですか。では、まず、このリストから――」

梶原は説明を始めた。

梶原が行なっていた作業は横で見ていたので、おおよそは把握している。瑠美とのやりとりで、どこが肝なのかもわかっているので、実際のところ、梶原の説明を受けなくても仕事はできる。

サクサク仕事を進めれば、瑠美には気に入られるのかもしれない。そっちの方が、上を狙うには正しい選択だと、多くの人は判断するだろう。

が、瀧川はあくまでターゲットを梶原に絞った。

梶原が創設メンバーだということもあるが、もっと気になったのは、梶原が一線から外された経緯だった。

裏の話が絡んでの失脚だとすれば、その事実は上層部を落とす際、十分に使えるネタになる。

わずかでもヒントを得ると、すぐ人を落とす方策に結びつけてしまう、作業班員として刷り込まれた思考パターンに嫌悪は覚えるものの、情を断ち切った判断に身を委ねなければ、それはたちまち死につながりかねない。

作業班員としての特有の〝勘〟みたいなものが、梶原を攻めろとつぶやいている。

瀧川は心の声に従っていた。

きっちり五分経ったが、梶原はまだ説明を続けていた。

と、瑠美が机に両手を叩きつけて、立ち上がった。

フロアの社員たちがびくっとする。

瑠美はヒールを鳴らし、近づいてきた。梶原のデスクの横に立ち、胸下で腕を組む。

「もう五分経ったよ、梶原！」

「あ、ほんとだ。すみません！　まだ、説明が……」

「あなたには時間の観念というものがないのか！」

近くで怒鳴り声が響く。

「何をさせてもまともにできない。新人でもできる仕事も倍の時間がかかる。やっとできた仕事も間違いだらけ。声も小さくて、何を言ってるのかわからない。なんで、あなたみたいな人が――」

瑠美が勢いに任せて、何かを言いかけた時だった。

ぞくっとする殺気を感じた。

えっ……。

殺気を感じた方に目を向ける。

梶原が目に入った。背中を向け、瑠美を見上げている。しかし、確かに梶原から放たれている威圧感だった。

瑠美を見てみる。瑠美の顔が強ばっていた。

なんだ、これは？

すると、ふっと殺気が消えた。

瑠美は唇を揉んで、いつもの怒った表情を作り直し、梶原を睨み下ろした。

「とにかく、時間なので常務のところへ行くよ！　用意して。井上、わからないところがあったら周りに聞いて、梶原の仕事の続きを済ませてよ！」

「わかりました」

瀧川が首肯する。

「ほら、急いで！」

瑠美が急かす。

梶原はバタバタとメモ帳やペンを取って、席を立った。

瀧川の方を向く。眉尻を下げた、いつもの頼りなさげな顔で瀧川を見つめる。

「すみませんねえ。よろしくお願いします」

「はい、やっておきますので」

瀧川は笑顔で返しながら、梶原をまじまじと見やる。

毛穴も縮むほどの殺気を放った人とは到底思えない。

気のせいか……？

瑠美と共にフロアを出て行く梶原の猫背を見つめ、他に気配がないか、神経を研ぎ澄ませて探った。

3

その頃、藪野のセクションでは、不測の事態が起きていた。

富安たちがいなくなったのだ。富安や彼の部下のみならず、飲み屋を営んでいた富安の女まで姿を消していた。

富安の携帯に何度も連絡を入れたが、番号はつながらなくなっていた。

富安の番号から住所を割り出そうとしたが、トバシ携帯を使っていたようで、居所は追えなかった。

藪野は〝マル暴の田所〟を気取って、京都の繁華街を歩き、その筋の人間を見つけては訊いて回った。

しかし、誰も富安らの動向を知っている者はいない。

見張らせていた他の作業班員の目も欺き、見事に忽然と消えてしまった。

藪野は滞在先のホテルのベッドに座り、スマートフォンを握っていた。

「まだ、見つかんねえのか!」

怒鳴る。

相手は今村だ。

——捜索中だ。

「いつまでかかってんだ！　顔認証システムの一斉検索をかけりゃ、出てくるだろうが！」

――そんなものはとっくにやっている。それでも情報が上がってこないということは、計画的に逃走を図ったということだ。おまえの方からの情報も上がってこないが？

今村が多少藪野を責めるような嫌味な口調で訊いてくる。

「こっちも捜してる！　おまえらと違って、こっちは現場を歩いてんだ。いろいろ面倒なことがあるんだよ！」

――言い訳か？

「なんだと？」

藪野は気色ばんだ。

――そもそも、おまえがしっかり富安を取り込んでいれば、こうした事態が起こっても立ち回り先や潜伏先は予測できただろう。違うか？

今村が言う。

藪野はスマホを握り締め、奥歯をぎりぎりと嚙んだ。

オフィスから指示を飛ばすだけの今村の言動に腹が立って仕方がない。

が、今村の言うことも一理ある。

仕掛けが早すぎた。

富安の女の店に乗り込んだ時、すぐ安西の下へ向かわせようとけしかけたが、それがまずかった。

まずは情報を小出しにして富安をつなぎとめておいて、その間に背景を他の作業員に調べさせ、ここぞというところで青翠連合のネタで追い込むという流れが正解だった。

現場にいると、時々、解決を急ぎたくなる時がある。

仕込み段階で急いだ時、ほとんどの場合はいい結果にならない。

今回もその轍《てつ》を踏んでしまった。

藪野は大きく一つ深呼吸して、気を落ち着けた。

「顔認証検索でひっかからないってのは、どういうことだ？」

状況を確かめる。

――おそらく、富安の女が経営している店が入っているビルの地下駐車場から出たものと思われる。そのビルの非常階段には防犯カメラがないからな。車に隠れて出て行かれれば、監視の目を掻い潜ることは可能だ。

「見張らせてなかったのか？」

――見張らせていた。しかし、ビルの間に挟まれた通路で、死角となっている箇所が多いところだ。一分一秒も逃さず監視するのは難しい。その隙を突かれた可能性はある。

「情報が洩れているのか？」

——その可能性は今のところ薄い。おそらく、マル暴の田所が現われたことで、警戒を強めたのだろうと考えられる。

「俺のせいと言うのか？」

こめかみに青筋が立つ。

——そうではない。彼らが慎重に動いていたということだ。いちいち嚙みつくな。

今村が諫《いさ》めた。

その物言いが癪に障るが、藪野は苛立ちを飲み込んだ。

「ビルから出た車は？」

——今追っているが、まだ当たってはいない。車で逃げたと思わせて、別の手段を使っているかもしれない。そのあたりは、他の作業員に調べさせている。

今村は言った。

——繁華街での聞き込み状況はどうだ？

藪野に訊く。

「まったく情報がねえ。富安や西比良といった名前も出て来ねえ。わざと黙っているという感じじゃなくてな。そもそも西比良の富安がまだこの街にいたことすら知らねえヤツもいたくらいだ」

——なぜ、富安らはそこに留まった？

「わからねえ。そこは調べてみるよ」

――早急に頼む。あまり時間はかけられない。富安たちが単にそこに留まっていただけならいいが、何か理由があってのことなら、安西の居所や組織再生の事実をつかむ手掛かりとなる可能性が高いからな。

「何日だ？」

――三日。できれば、二日で終わらせろ。

「相変わらず、こき使ってくれるな。そっちも早く富安らの行方を捜せ」

――おまえの命令は受けない。

今村は冷たく言い放ち、電話を切った。

話を終え、藪野は大きく息をついた。

今村の話を頭の中で整理しながら、ため息をつく。

「また、やられちまったな……」

藪野は頭をぼりぼりと掻いた。

いつもながら、今村は人の神経を逆なでする天才だ。しかし、それが今村の常とう手段だということもわかっている。

相手を怒らせ、冷静さを失った時にこぼれた言葉を言質に取り、捜査を遂行させる。一度吐いた言葉は飲み込めない。作業班員は、どんなに面倒で不可能に近いミッションでも受けざるを得なくなる。巧みな操作術だ。

わかってはいるが、どうしてもその手に引っかかってしまう。

今回の話をよくよく精査すると、今村は富安ルートから安西の行方を追う線は、他の作業班員へ振った。つまり、富安から藪野を剝がす決断をしたということだ。

そして、マル暴の田所という立場を活かして、京都の裏組織の動向を調べさせようとしている。

今村は話を回しながら、藪野をより危険な捜査へ誘導した。

藪野も、今村の意図を薄々感じながらも、終わってみれば嵌め込まれていた。

まったく、腹立たしいことこの上ない。

これでまた、安西絡みの捜査から解放される期限が延びた。

いつまでも現場から抜けられない状況は、呪われているように感じることもある。

しかし、自分に与えられたミッションは遂行するしかない。

とりあえずは、富安らを知っているチンピラを捜すしかない。

京都で西比良組と懇意にしていたのは、嵐龍《らんりゅう》一家だ。

嵐龍一家は、京都を根城としている暴力団で、関西では名の知れた老舗の組織だ。今も山盛会と反目し、事あるごとに抗争を繰り返している。

人数はそう多くないものの、老舗の看板を背負った気概ある者が多い。面倒な輩が集まっている武闘派組織だった。

できれば寄り付きたくないが、元西比良組の連中の動向を探るには、避けて通れない壁でもある。

「しょうがねえな」

藪野は両手で太腿をパンと叩いて、立ち上がった。

頰を両手で打ち、胸や足を叩いて、気合いを入れる。

藪野は覚悟を決め、スーツの上着を手にして、部屋を出た。

4

二時間ほどして、瑠美と梶原が帰ってきた。瑠美は何も言わず、自席に戻った。

梶原が疲れた様子で瀧川の隣に来て、腰を下ろす。

「お疲れさんでした」

「ああ」

梶原は少し顔を上げて笑みを覗かせたものの、すぐうなだれて、大きく息を吐いた。

「なんだったんですか？」

瀧川が訊く。

梶原は時計を見た。十八時を回っていた。

「ヨシミアイデアの振り分けは終わりましたか？」

「はい、みなさんに訊き回って、なんとか」

自嘲する。

作業自体は聞かずともできたが、わざわざわからないふりをして周りに尋ね回って、なんとか終わらせたふうを装った。

梶原は瑠美を見た。瑠美はモニターを見て、仕事をチェックしているようだった。

「それはありがとうございました。上がりますか」

「そうですね」

瀧川は机の上を片付け始めた。

梶原もささっと片づけを済ませ、マスクをして立ち上がる。

「冴木副部長、私たちはお先に失礼します」

声をかける。

瑠美は顔も上げず、返事もしない。

「大丈夫ですか？」

瀧川はちらちらと瑠美を見た。

「いつものことですから。行きましょう。お先に失礼します」

梶原は鞄を持って周りに挨拶をし、ドア口へ向かった。

瀧川もマスクをつけ、挨拶をして、梶原の後に続いた。

「井上さん、今日はお忙しいですか？」

「いえ、大丈夫ですけど」

「ちょっと、夕食付き合ってもらえますか？」

「はい、ぜひ」

瀧川は笑顔を見せた。

エレベーターに乗り込んで社屋を出て、駅へ向かう途中にあるファミリーレストランに入った。

「こんなところですみませんね」

「いえいえ、このご時世、仕方ないですよ」

瀧川が言う。

東京はまたも緊急事態宣言が出て、飲食店は時短営業や休業を強いられている。度重なる要請で営業を継続することも難しくなり、閉店したところも多い。

安定して開いているのは、ファミレスのような場所しかなかった。

奥の席に案内され、向かい合わせに座る。テーブルの真ん中にはアクリル板のパーティションが置かれていた。

梶原がメニューを広げた。

「お酒は提供されていないようなので、ノンアルコールビールでいいですか？」

「はい。つまみ、適当に頼みましょうか？」

「そうですね。お願いします」

梶原はパーティションの脇からメニューを渡した。

瀧川は受け取って店員を呼び、サラダやポップコーンシュリンプ、アヒージョ、ソーセージの盛り合わせなどを頼んだ。

「お酒も自由に飲めないなんて、どうなってるんですかねえ」

梶原が愚痴る。

「ほんと、仕方がないとはいえ、息が詰まりますね」

瀧川は調子を合わせた。

ノンアルコールビールがきた。互いに手酌でコップに注ぎ、掲げる。

「今日もお疲れさんでした」

瀧川は言い、ノンアルコールビールを飲んだ。

普通のビールほどのコクはないが、ほろ苦さと炭酸が喉を刺激し、潤す。

つまみも運ばれてきた。瀧川は半分ずつ取り皿に分け、一つを梶原に回した。

「気をつけてますねえ、井上さんは」

「大丈夫だとは思うんですけど、かかるのはやっぱり嫌ですから、できることはやっておこうかと。梶原さんも慎重ですね」

瀧川が言う。

梶原はノンアルコールビールを一口飲むたびに、マスクをかけていた。

「私もかかりたくはないですから。外食も、前回井上さんとご一緒して以来です」

「僕もです」

瀧川が笑顔を見せる。

梶原も笑った。が、弱々しい。

「せっかく、こうして話せる間柄になったのですが、それももうあと少しの間だけのことになりました」

「やっぱり、辞められるんですか？」

「はい。先ほど、前田常務と話し合って、退職することになりました」

「そうですか……」

しんみりとして目を伏せる。

「梶原さんには、もっといろいろ教えてもらいたかったんですが」

「君ならもう大丈夫です。私よりできるようになっていますよ」

梶原は目を細めた。

「仕事だけじゃなくて、プライベートでも相談させてもらえればと思っていました。僕も、こう見えてあまり社交的な方ではないもので」

「井上さんがですか？　それは、見かけによらないというやつですねえ」

「よく言われます。社内で仕事の話をしたり、ちょっとした雑談をしたりするのは平気なんですが、仕事帰りの飲み会や休日の仕事関係者との付き合いは苦手なんです。何を話していいのか、わからないもので」

「そうだったんですか。いや、これまで無理に付き合ってもらって、申し訳ありませんでした」

　梶原が頭を下げる。

「いえ、ところが、梶原さんは、こんな言い方をすると失礼かと思いますけど、全然平気だったんです。緊張しないというか、気負わずスッと話せるというか。こんなことは、勤めを始めてからは初めてです」

「私はダメな先輩ですからねえ」

「そんなことは――」

「いやいや、それでいいんですよ。私も、井上さんは話しやすかった。いろいろ理由があるのでしょうが、まったく気が合わない人とは気軽に話せませんからね。どこか通じるところがあったというだけで、満足です」

　コップのノンアルコールビールを飲み干して、手酌で注ぎ足した。

「ですから、井上さんだけには、会社を辞めることを伝えておきたくて」

微笑み、コップを傾けた。

「他の方には言わないんですか？」

「最終日に挨拶しますが、みなさん、私一人抜けようが抜けまいが、気にも留めないでしょう。むしろ、せいせいしている人が多いかもしれませんね」

「そんなことはないと思います」

「ありがとう。君は本当に優しいねえ。いいんですよ、それで。もう二度と会うことのない人たちでしょうしね」

皮肉を込めて、笑う。

「辞めた後は、どうされるんですか？　秋田へ戻られるんですか？」

「その予定です。母の調子もよくないもので」

「そうですか。お仕事はどうされるんです？」

「しばらくは大丈夫です。実はですね。井上さんはご存じないかもしれませんが、私はアノンＧＨＤの創業メンバーの一人なんですよ」

「えっ！　ほんとですか！」

瀧川は大仰に驚いてみせた。

「平社員でくすぶっているから、そうは見えないでしょうけど」

自嘲し、話を続ける。

「なので、会社の株をたくさん持ってましてね。それを高値で引き取ってもらえるよう、前田常務が手配してくれました。退職金代わりです。十年は何もせずに生活できるほどの金額になりました」

「そうですか。なら、よかった」

瀧川は笑みを作った。

「入社間もない頃から、ずっと私を気にかけてくれていたのは、前田常務だけでしたね。ありがたいことです」

コップを握り、目を落とす。

「そういうことですから、心配しないでください。あ、株の話は、他の方には内緒でお願いしますよ」

「承知しました」

笑みを濃くして、コップを持った。

「では、改めて、梶原さんの未来に」

持ち上げる。

「これまで、ありがとうございました」

「こちらこそ。最後に会社勤めで楽しい思いをさせてもらいました。秋田にも遊びに来てくださいと言いたいところですが、母の介護でそのような暇もなさそうですから、また落ち着いたら会いましょう」

「ぜひ」

瀧川はうなずいて、コップを傾けた。

ノンアルコールビールを飲みながら、脳裏の片隅で、今後、社内でどう立ち回るかを思案していた。

5

阪急京都線四条大宮駅から南へ三百メートルほど下った大宮通り沿いに、古びた墨色の壁の三階建てビルがある。

そこが嵐龍一家の組事務所だ。

ビルの一階は、通りに面した部分に三台ほど車が入る駐車スペースがあり、その奥は店舗用スペースになっていた。今は向かって右手に黒いレクサスが一台停まっている。

壁と一体化したドアが中央にあり、出入口はそこのみ。

玄関先にも建物周りにも窓らしき窓がないため、日が暮れてくると建物は闇に溶け込んでしまう。目の悪い者なら、近づくまで建物の存在に気づかないだろう。

道路に面した壁の上方には、間接照明に見せかけた監視カメラが何台も付けられている。

一見すると、モダンなレストランか何かの店のように映るビルは、墨色の要塞だった。

正体を知る藪野は、近づくほどに緊張した。

嵐龍一家の連中は、抗争相手だけでなく、警察だろうと一般市民だろうと、自分らの邪魔をする者には容易に牙を剝く。

近隣住民から、事務所使用差し止めの申し立てが出そうになった時、運動に携わっていた住民の家が立て続けに放火されるという事件があった。

警察は嵐龍一家の仕業とみてガサ入れを強行したが、関与を証明できず、その後、近所の中学生が放火の罪で逮捕され、事件は収束した。

火を放った中学生は、地元の暴走族に入っていた者で、バイクの騒音を住民に注意されたことに腹を立て、仲間と共に放火した、という話だった。

その暴走族は半グレとつながっているが、半グレと嵐龍一家のつながりは証明できなかった。

嵐龍一家は武闘派として鳴らしているが、暴力団として生き残るための術も心得ている。相手を攻め落とす時は容赦ないが、それ以外の部分では慎重かつ狡猾《こうかつ》だった。

薄闇に溶けていくビルの壁が見えてきた。

藪野は一度、立ち止まった。

ビルを見つめ、二度、三度と深呼吸をする。

当初は、繁華街で嵐龍一家の下っ端を捕まえ、そこから本丸へ踏み込むことを想定していた。

しかし、京都府に緊急事態宣言が発出され、繁華街の店舗は軒並み休業した。

シャッター通りと化した繁華街をうろついている者は少なく、看板を掲げる暴力団系列の店舗の多くは休業要請に従っていた。

強引に店を開いて警察に目を付けられるより、素直に休業要請に従って補償金をもらう方が得策だからだ。

嵐龍一家も、系列の店舗をすべて閉じ、繁華街からも組員を引き揚げ、鳴りを潜めていた。

藪野は仕方なく、事務所へ直接、足を運ぶことを決めた。

どうなるかはわからない。無茶なことはしないと思うが、場合によっては痛い思いをするかもしれない。

「まったく……死ねと言ってるようなもんじゃねえか」

今村の顔を思い浮かべ、道路に唾を吐く。

「お望み通り、行ってやるよ」

藪野は気を吐いて、歩を踏み出した。

ビルが近づくにつれ、恐怖心が消えてくる。代わって湧き上がってくるのは、高揚感だった。

因果だと思うが、どうにも心理の変化は隠せない。

身の危険をひりひりするほど感じる場所へ出向く刺激は、藪野の胸を昂ぶらせる。

ビル正面へ着くころには、これから起こるかもしれない危険に身震いし、顔に笑みまで滲んでいた。

玄関ドアに近づいていく。インターホンはない。藪野はドアを見据え、仁王立ちしていた。

これでいい。監視カメラの映像を中でチェックしている者がいる。

五分ほど立っていると、道路側から数人の男が現われた。

別の場所に待機していた組員だろう。チラッと彼らの様子を見る。

みな、小ぎれいなスーツに身を包んでいる。武闘派のヤクザとは思えない風体だ。

黒縁メガネをかけた中年男性が藪野の右脇に回ってきた。他三人の男が半円形に広がり、藪野を囲む。

「失礼ですが、どちら様でしょうか？」

黒縁メガネの男は、丁寧に声をかけてきた。

藪野は男に顔を向けた。

「警視庁マル暴の田所だ。藤堂《とうどう》総裁に会いたい」

組長の名前を出す。

「どういうご用件で？」

黒縁メガネの男の声が途端に低くなった。

周りを囲む男たちも一瞬にして殺気立つ。

「西比良の安西と残党について、聞きてえことがある。取り次いでくれねえか？」

藪野は動じることなく言った。

男は黒縁メガネの奥から刺すような目を向けてくる。

「安西さんのことも知らなきゃ、残党がどうしてるかなんて知る必要もありません。潰れた組のことなんざ、うちには関係ねえことですよ、刑事さん」

言葉の奥に怒気が滲む。

「わかってる。別に、てめえんとこと西比良の残党が何かやらかしてると疑ってるわけじゃねえ。話が聞きてえだけだ」

藪野は見つめ返した。様々な修羅場を思い出す。自然と眼力に迫力が増した。

黒縁メガネの男以外の組員たちが怯む様を気配で感じた。

息が詰まりそうな睨み合いが続く。目の端に映る組員がスーツの上着に右手を入れた。

藪野の体に鳥肌が立った。ビビっているわけではない。臨戦態勢に入り、アドレナリンが放出されたせいだ。

に振る。

黒縁メガネの男は、藪野越しに右手を上着に差し入れた男を見やった。かすかに顔を横

「少々お待ちください」

黒縁メガネの男は藪野から離れた。ビルの壁際まで行き、スマートフォンを取り出す。

他の男たちが藪野を囲んだ。

藪野は男たちに悟られないよう、深く息を吐いた。

とりあえず、玄関先で刺されるような事態は回避できた。多少緊張が解け、双肩がスッと下がる。

しかし、嵐龍一家は藪野の予想より相当強い組織だと感じた。

囲んだ組員たちは一切声を荒らげることなく、ただ立っていただけ。上着に手を入れた者がいたものの、粋がって弾けることなく、いざという時の態勢を整えていた。

たいしたことのない者は、散々吠えて、相手を屈服させようとする。

藪野にとって、そういう相手は怖くもなんともない。彼らより大きい声で脅せば、たちまち委縮して素直に従うからだ。

一方、黒縁メガネの男たちは、声も張らず、丁寧な言葉遣いでありながら、息が詰まるような圧をかけてきた。

本物を感じさせるには十分な圧力だった。

黒縁メガネの男が戻ってきた。

「親父が会うそうです」

「そうか」

「申し訳ありませんが、チェックさせていただきます」

黒縁メガネの男が言った。

すぐさま、他の男たちが道路側に壁を作り、藪野の姿を見えなくした。

黒縁メガネの男は全身をくまなく触って調べた。上着の内ポケットに入れた身分証を取り、確かめる。

細かく確認して、身分証を戻した。

「失礼しました」

そう言い、右の人差し指を上げた。

壁と一体になったドアがスッと横に開いた。玄関ホールが現われる。

「どうぞ」

黒縁メガネが先に入り、促した。

藪野が入る。と、他の男たちを外に残したまま、ドアが閉まった。

「たいした仕掛けじゃねえか」

「余計なトラブルを持ち込まないための方策です」

男は笑い、奥へ歩いた。

玄関ホールを抜けると、そのまま上へ延びる階段と、その脇にエレベーターがあった。さらに右側は壁で仕切られ、ドアがある。

「親父は三階にいますので」

エレベーターのボタンを押す。

「ここは？」

ちらっとドアを見た。

「事務所です。うちは合法的な仕事しかしてないので、経営管理をしっかりしなきゃならないもので」

「合法的ねえ。言ってくれんじゃねえか」

「本当のことを素直に言ったまでです」

悪びれもせず、返す。

エレベーターに乗り込んだ。木目調の壁のホームエレベーターだった。しかし、ボタンはない。

男はポケットからディンプルキーを出した。右手にあるボックスを開ける。中にボタンがあった。

踏み込まれてもすぐ操作できないようにしているようだ。

ゆっくりとエレベーターが上がっていく。

ドアが開く。エレベーター前は広いホールになっていた。その奥にドアがあるが、手前のホールにはスーツを着たいかつい男が四人、椅子を横に並べて座っていた。

四人は黒縁メガネの男を認め、座ったまま頭を下げた。

男は右手を上げて応え、ドアに近づいた。

と、向かって右側のドアに近い男が、スーツの襟に着けたインカムを摘まみ、口元を寄せた。

「重里《しげさと》さんが到着しました。はい……承知しました」

男は立ちあがって、ドアバーに手をかけた。

「重里さん、そちらの方とどうぞ」

ドアを開ける。

重里と呼ばれた黒縁メガネの男は、藪野に続くよう目で合図をし、先に中へ入った。

藪野が部屋に入る。

広い部屋だった。床には赤を基調とした幾何学模様の織り込まれた絨毯が敷き詰められ、天井にはきらびやかなシャンデリアがぶら下がっている。

シャンデリアの真下には十人は座れそうなソファーが半円形に並べられ、ソファーの前には大理石の丸いテーブルが置かれている。

ソファーの先にはアメリカ大統領の執務室かと思うほどの大きくて立派な執務机が置かれ、ハイバックの革張りチェアの背後には、代紋と日本刀が飾られていた。

壁際にはアンティークのサイドボードが置かれていて、グラスや高価な酒が並ぶ。バーカウンターも設置されていて、その脇にはビリヤード台もある。

右手の壁には大きな絵が飾られていて、部屋の角には大人の背の高さほどあろうかという大きな壺が置かれていた。

どこかの宮殿の一室かと見まがうほどの絢爛ぶりだ。

ハイバックチェアには、髭を蓄えてでっぷりとした大柄の男が座っていた。スリーピースのスーツを身に着け、葉巻を咥えている。目鼻立ちもくっきりとしているからか、ヤクザというより、マフィアのボスのような風情を漂わせている。

この男が、嵐龍一家の五代目総裁・藤堂龍神《りゅうじん》だった。

本名は、藤堂薫《かおる》という。

しかし、薫という響きが弱々しいと幹部に笑われ、通名で藤堂龍神とした。藤堂は、自分の名前を笑った幹部を半殺しにし、見せしめで京都駅前に放置した。

放置された男への暴行は、凄惨を極めていた。歯をすべて抜かれた者もいれば、片目をくり貫かれた者もいた。左手の指をすべて落とされた者もいる。

当然、藤堂が指示したという証拠はなく、自身が逮捕されることもなかったが、以来、藤堂を笑う者はいなくなった。

「あなたが田所さんですか。藤堂です」

しゃがれた太い声で言い、笑みを浮かべる。が、ぎろりと剝いた両眼は鋭い。

「どうぞ、そちらへ」

大きな手で、執務机前のソファーを指した。

黒縁メガネの男が促し、半円形のソファーの真ん中に案内する。藪野が座る。藤堂と正対する位置だが、机越しに見下ろされていて、それだけで藤堂の威圧感が増す。

「何か飲まれますか？　山崎のいいのが手に入りましたんや。どないです？」

藤堂が言う。

断われない雰囲気だ。

「じゃあ、それを一杯いただきます」

「重里、ご用意して差し上げろ」

藤堂は乱暴な口調で言った。

黒縁メガネの男は返事をして、バーカウンターへ行った。

「そちらの葉巻もどうぞ。キューバ産のええもんですわ」

「では、一本だけ」

テーブルの大理石の箱を開ける。葉巻とカッター、マッチが入っていた。

葉巻を取り、カッターを手にする。

「間違って、指落とさんでくださいや。葉巻の吸い方知らん奴らが、何人もそれで指落としましたんでな」

藤堂がからかうように言う。が、それはいつでも身を刻めるぞという脅しでしかない。

藪野は微笑み、葉巻を取って先をカッターで落とした。その切れ端を口に入れて嚙む。じわっとニコチンが染み出してくる。臭くなく、葉の芳ばしさが鼻腔を抜ける。

「おー、田所さん、葉巻の楽しみ方をよくご存じですな」

「昔、嗜《たしな》んでいたことがあったもので」

灰皿を取って、カスを吐き出す。藤堂は葉巻を咥え、長いマッチに火をつけて、ゆっくりと先端を炙りながら吸い込んだ。煙が立ち上り、甘い香りが顔にまとわりついた。

重里がストレートのウイスキーを注いだショットグラスを二つ持って戻ってきた。一つを藪野の手前に置き、もう一つを藤堂の前に置く。

「おまえはいいぞ」

藤堂が言うと、重里は一礼して、部屋を出た。ドアが閉まる。

藤堂はグラスを摘まみ持った。

「ようこそ、我が事務所へ」

持ち上げる。

「突然の訪問にもかかわらず、会っていただいて、ありがとうございます」

藪野はグラスを持って頭を下げた。一気に飲む。濃厚な甘みのあるウイスキーが食道を焼いた。

アルコールと共に湧き上がってくる香りを噛みしめる。

「うまい酒を飲むと、気分上がりますなあ」

藤堂は藪野と同じ顔で味を噛みしめ、空になったショットグラスを置いた。

そして、藪野を見据える。

「で、田所さん。西比良と安西の話っちゅうのは、なんですねん」

先ほどまでの笑顔が消えていた。いきなり、極道の顔を覗かせる。

藪野は残ったウイスキーを舐め、葉巻を一口吸って、灰皿に置いた。気を落ち着かせるために、わざと間を取った所作だった。

ゆっくりと口を開く。

「総裁は、元西比良の富安という男を知ってますか？」

「若頭の富安か？」

「そうです。ヤツは西比良組が解散してもなお、京都に居座って飲み屋を経営していました」

「それは知っとる。あいつの女がやってたところやろ？」

「許していたんですか？」

「まあ、何するわけでもあらへんし、ショバ代も払うとったからな。わざわざ放り出すこともないやろ」

「その富安が、安西指揮の下、新たな組織を起ち上げようとしているという情報がうちに入ってきたんですが、それはご存知ですか？」

「あ？」

藤堂が両眉を上げた。

「その動きに気づいた青翠連合と山盛会が動いているという話も」

「なんや、そりゃ？」

藤堂が気色ばむ。

知らないのか……。

藪野は感じた。

藤堂は三代目からの組員で、その乱暴ぶりは関東にまで轟《とどろ》いていた。それほど腕に物を言わす人物だけに、駆け引きがうまいとは思えない。

「山盛のガキが動いとるっちゅうのは、ホンマか？」

「表立って動いてるわけではないんですが、そういう噂が立っているもので、青翠を使って安西を捜しています。その話が本当だったら、また大きな戦争になりかねないので、俺が東京から送り込まれて、調べを進めていたんですが、富安らが消えたんです」

「消えた？　どういうこっちゃ？」

「わかりません。自分たちから消えたのか、山盛絡みでさらわれたのか。店を荒らされた形跡はありませんでしたが。もし、そういう騒動があれば、総裁ならご存じじゃないかと思って、伺わせてもらったんです」

藪野は淡々と話した。

藤堂が苛立っている様子が手に取るようにわかる。しかし、その様を見るにつけ、藪野は落ち着いていった。

怒りは安西や山盛会に向いている。そこに藪野を締め上げる道理はない。

少し、安全圏に入ったと感じていた。

「そうした一連の話、ご存じないですか？」

「知らん。重里！」

藤堂が怒鳴った。獣が吼えたような迫力で、さすがに藪野も身を縮こませた。

ドアが開いて、重里が入ってくる。

「お呼びでしょうか？」

「われ、安西や富安が、新しい組織を作りよるっちゅう話、聞いてへんか？」

「なんですか、それは？」

「山盛の連中が京都に出入りしとるっちゅう話は？」

「そないな話、ありませんよ。関東の連中が京都に入ったら、その時点でわしらには伝わります。富安らが新しい組織を作るなんて話も聞いたことありません。もし、そないな話が出とったら、わしらが真っ先に潰してますわ」

重里が言った。

藪野はじっと重里を見ていた。重里もまた、嘘をついている様子はなかった。

「田所さん。ガセやないんか、その話？」

藤堂が言う。

「俺もそう思ってるんですよ。手打ちして解散までした組が再興するとなれば、掟破りもいいところですからね。安西や富安、元西比良の連中にしてみれば、死にに行くようなもんです。けど、一向に噂は消えねえ。こうなれば、安西に会って、直接聞いてみるしかねえと思ったんですが、肝心の安西がどこにいるかもわからねえ。このまま噂だけが独り歩きすると、偶発的に面倒が起こりかねえですからね。そこで、関西じゃ知らない人はいない総裁に訊いてみたら、何かわかるんじゃねえかと思いまして」

「何も知らへんが、確かにあんたの言う通り、ほっときゃ面倒な話になりかねんな。重里」

「はい」

「調べてこい。安西のヤサもつかめ」

「わかりました」

一礼して、部屋から小走りに駆け出す。

「こちらの手を煩わせることになって、すみません。では、何かわかれば、連絡いただければ――」

腰を浮かせる。

「あー、待て待て」

藤堂が止めた。

「あんたはここで寝泊まりしてくれ。重里の調べがつくまで」

「いえ、寝どこまで世話になるわけにはいきません。連絡をくれれば――」

「ここから出さんと言うとるんや。デカの中には、根も葉もない話を持ち込んで、わしらを掻き回してぶつけさせようっちゅう、頭の足らんアホもおるからな。そないな真似をするヤツは」

藤堂が見据えた。

「即殺さにゃ、気が済まへんのでね」

藤堂が口辺を上げる。

安全圏に入ったと思っていたものが、一気に危険水域へと下降した。

6

白瀬はその日の午前中、幸澤に連絡を入れた。町内会の回覧版を回したかどうか訊ねると、一昨日、〝アイソウホーム・岩井〟の件を記載した回覧板を出したという。ご近所さんからも、岩井のことについての話が出ているので、町内には話が浸透しているだろうとのことだった。

わざわざ連絡を取ったのには、二つの意味がある。

一つは、確認の電話を入れることで、幸澤の信頼を確固たるものにすること。民生委員は、特に地方では大きな発言力を持つ。幸澤の信頼を得ていれば、町内を回っても咎められることはない。

もう一つは、確実に、日向の家にいる小野江里子の両親と接触するため。回覧版が回り、地域の人たちが〝岩井〟と接しているとなれば、日向不在の際、どちらかが応対せざるを得なくなるはず。

おそらく、接触できるタイミングは一度のみ。そこでなんらかの進捗がなければ、喜明失踪の謎に迫る手がかりを失うことにもなりかねない。

できる得る限りの仕込みはしておきたかった。

白瀬は日向宅から最も遠い町内の家から、改めて訪ねて回った。

回覧板効果もあって、玄関や家の中に招いて、話を聞いてくれる人がほとんどだった。

この立石地区も、地方のニュータウン同様、建物の老朽化と住人の高齢化という問題に直面しているようで、自宅のリフォーム、建て替え、売却への関心は高かった。

白瀬が本当に住宅会社の社員なら、大票田を引き当てたようなもので、飛び跳ねて喜んでいただろう。

必然、一軒一軒の話が長くなり、日向の家を訪れることができるまで、三日かかった。

その間に請けた建て替えやリフォームなどの案件は、公安部に話を通し、処理をした上で、しかるべき会社へ丸投げした。

「お忙しいところ、ありがとうございました」

白瀬は、隣の家の玄関で丁寧に頭を下げ、家を出た。

手帳を確認するふりをしつつ、日向正治《まさはる》の家に歩み寄る。

そして、インターホンを押した。

一度目は、まったくの無反応だった。しかし、目の端にカーテン越しの人影を捉えている。

白瀬はもう一度、インターホンを押した。

「すみません。先日、回覧板で民生委員の幸澤さんからご紹介していただいた、アイソウホームの岩井です」

インターホンはつながっていなかったが、中に聞こえるよう、大きめの声で呼びかけた。

三度、インターホンを押す。

――どちらさまでしょう。

女性の声が聞こえた。

「アイソウホームの岩井です。今、民生委員の幸澤さんから許可をいただいて、各御家庭を回らせていただいています。日向さんのお宅では、建て替えやリフォームのご予定はございませんか?」

――うちは、その……。

「日向さんのお母様ですか?」

白瀬が畳みかける。

――ええ、まあ……。

「こちらはご主人名義のお宅でしょうか?」

――少々お待ちください。

女性はインターホンを切った。

インターホン越しのやりとりだと、会話がご近所に筒抜けになってしまう。

もちろん、白瀬が仕掛けた策だ。

まもなく、玄関ドアが開いた。

「どうぞ」

「失礼します」

白瀬は丁寧に頭を下げ、低姿勢で玄関口に入った。

女性は廊下に立っていた。白瀬は三和土に立ち、女性を見上げる。

小野江里子の母親だと、一目でわかった。顔立ち、特に目元が江里子そっくりだ。

「改めて、私、アイソウホームの――」

名刺を出そうとすると、女性が言った。

「申し訳ありません。ここは私たちの家ではないんです。なので、リフォームとかそういった話は」

「日向さんのお母様じゃないんですか？」

「ええ……」

女性が言い淀む。

「では、小野さんのお母様ですか？」

白瀬が切り出した。

女性は不意を突かれ、絶句した。驚きと困惑が入り混じった黒目が泳ぐ。

「江里子さんとお会いしました。目元なんか瓜二つですね」

白瀬が言う。

女性は両手を握り締め、怯えた眼差しを白瀬に向け、後退りした。

「お母さん。実は私、本当は神永一郎という名前のフリージャーナリストなんです。ご子息である喜明さんの件を調べています」

そう名乗ると、奥からワイシャツにベスト姿の男性が小走りで出てきた。

「なんや、君は!」

いきなり、怒鳴る。

「小野喜明さんのお父様ですね。フリージャーナリストの神永と申します。お二人の行方を捜しておりました」

「帰れ!」

「お父様。あまり、大声を出されない方が。ご近所の方に聞こえてしまいますよ」

白瀬が静かに諭す。

男性は息とともに喉元まで出ていた声を飲み込んだ。

よし、いける——。

心の中でほくそ笑む。

対象に世間体を認識させるのは、相手を落とす時の有効な手段だ。

小野喜明の父、宗弘は、大手電機メーカーを定年まで務め上げた人物。母、葉子《ようこ》もサラリーマン家庭を支え続けた専業主婦だ。

二人とも世間体には人一倍気をつかうだろうと踏んでいた。

「私は喜明さんが勤めていた山陽日報さんとも仕事をしてまして、幾度か喜明さんとお会いしたこともあります。挨拶と立ち話程度しかできませんでしたが、とても真摯にジャーナリストとして仕事にあたられ、使命感と情熱にあふれる喜明さんの姿に敬服していました。ところが、喜明さんはある日突然、会社を辞められた。フリーになるのかと思ったら、それもない。不審に思い、調べていたところ、喜明さんは自主退職ではなく、失踪したのだという情報を得ました。その失踪前に取材していたのが、大手人材派遣会社アノンGHDの神子島移転計画についてだった、というところまではわかっています」

白瀬はさらさらと語った。

「もし、その取材と喜明さんの失踪に関わりがあるなら、大きな事件に巻き込まれたのかもしれません。であれば、喜明さんの命が危ない」

語尾に力をこめる。

二人の顔が引きつった。

「私は、ジャーナリストとして良き範を示してくれた喜明さんを助けたい。そう思って、お二人を捜していました」

「私らのことは誰から聞いたんや？」

宗弘が訊く。

「お嬢さんではありません。小野さんのご自宅で江里子さんとお会いしましたが、江里子さんはお二人が亡くなったとおっしゃってました。家に遺影まで置かれて」

「なのになぜ、私らが生きているとわかったんや？」

「ご自宅の様子です。江里子さんは、別のマンションに住んでいらして、時々、実家の掃除に来ていると言っていましたが、湯飲みにまったくくすみがないほど磨かれていました。部屋の隅々まで掃除されていて、廊下や部屋の床もしっかりしている。人が住まなくなった家とは到底思えませんでした」

「そうですか……」

葉子が肩を落とす。

「ご心配なく。おそらく、ちょっと怪しげな訪問者があるので、身の安全を確保するために細工をしたのだと思いますが、ほとんどの人は、江里子さんの説明を聞いて、遺影と納骨箱を見れば、お二人が亡くなったという話を信じると思います。私は、なんというか、爪の先ほどの違和感を覚えると、納得できるまで調べずにはいられない質《たち》でして。で、江里子さんの身辺を調べていたら、別れた日向さんとの仲は悪くないという話を聞きまして、ひょっとして娘が離婚する前の義実家にいるのかと思い、こちらを訪ねてみたところ、こうしてお会いできた」

両手のひらを上に向け、宗弘と葉子を指す。

「では、住宅会社の社員というのは嘘なんか？」

宗弘が睨む。

「それもまんざら嘘ではないんです。アイソウホームの社員というのは偽りですが、仕事柄、あちこちを回って地元の方々に話を伺う機会が多いので、ニーズがあれば打診してほしいという会社とも提携し、情報を提供していたりもするんです。リサーチのようなものですね。もちろん、今回、この地区で伺ったリフォームや建て替えの要請は、しかるべき会社に紹介して、話を進めてもらうことにしていますし、トラブルが起これば、私が直接、アイソウホームの岩井として対処させていただきます」

「ずいぶん、手の込んだ真似をするんやな。君は本当にジャーナリストなのか？」

宗弘の厳しい視線は解けない。

「ジャーナリストといっても一般人ですから、ここまで手の込んだ真似をしないと、情報を得られないんです」

さらりと答え、微笑む。

「そこで、お時間を取らせては申し訳ないので、ずばりお聞きしますが」

二人の顔を交互に見やり、宗弘に視線を止める。

「喜明さんの失踪直前の取材ノートはどちらにありますか？」

白瀬がじっと見つめる。

宗弘の顔が強ばった。白瀬を見返して平然を装うが、目尻はひくひくと攣《ひきつ》っている。

「それがないと、喜明さんが最後にどこを訪れ、誰と会っていたのかわかりません。そこを紐解かない限り、喜明さんの行方は永遠にわからないでしょう」

白瀬は言い、さらに押す。

「喜明さんの取材ノート、あるなら見せていただけませんか?」

いきなり、葉子に目を向ける。

突然の視線を浴び、葉子は宗弘以上に動揺して、そわそわと手もみをし、泣きそうな顔で夫を見つめた。

白瀬も宗弘に視線を戻す。

「時間が経つほどに、喜明さんの捜索は困難になります。加えて、大きな事件に関わっているのだとすれば、喜明さんだけでなく、ご両親や妹さんにまで危害が及びかねない。喜明さんもご家族を巻き込むのは本望でないはずです。私に預けてくれませんか? 必ず、喜明さんの遺志を継いで、すべてを明らかにし、ご両親も江里子さんも守りますので」

強く訴える。

宗弘は逡巡している様子を覗かせた。

「君が信頼に足る人物なのかどうか、今は判断できない。少し時間をくれんか」

声を絞り出す。

「家族で話し合いたい」

「わかりました。話がまとまったら、こちらへ連絡をください」

白瀬が〝神永〟の名刺を差し出す。葉子が名刺を受け取った。

「あまり時間はかけられません。もし、喜明さんがなんらかの事件を調べていたとすれば、その関係者も取材ノートを探しているでしょうから。できるだけ、一日でも早くご決断ください。お願いします」

深々と頭を下げる。

宗弘はうなずいた。

白瀬はもう一度深く腰を折り、家を出た。

歩き去りながら、日向家を少しだけ振り返る。カーテン越しに小野宗弘が白瀬をじっと見ていた。

白瀬は会釈し、宗弘から死角になるところまで歩いた。

スマートフォンを出し、今村に連絡を入れる。

「……もしもし、白瀬です。小野喜明の両親と接触しました。両親は取材ノートの在処を知っているようです。姿を消すかもしれないので、日向正治宅、小野喜明の実家、小野江里子のマンションの見張りを強化してください」

白瀬はそう、本部に要請した。

7

薮野が四条大宮にある嵐龍一家事務所に軟禁されて、三日が経っていた。

閉じ込められたのは二階の部屋だ。1Kのマンションのような部屋にベッドと椅子、テーブルが置かれている。

部屋にはテレビもあり、自由に視聴できる。ユニットバスもあり、シャワーも浴びられ、洗いたてのルームウェアが常にクローゼットに用意されている。

食事は三食、組員が運んでくる。要望すれば、夜は酒も飲める。

不自由なのは、外に出られないという一点だけ。

だが、その〝出られない〟という事実が最も厄介だった。

重里が中心となって、富安たちの動向を探っているようだが、まだ何も聞こえてこない。

組員が食事を運んでくるたびに訊ねるが、「今調べてます」と答えるだけで、詳細は口にしない。

潜入で最も危機感を覚えるのは、状況を判断する情報が一切入ってこないという事態だ。

相手方に拉致されることも困るといえば困るが、単なる拉致監禁であれば、そう怖くはない。

拉致した相手が出入りを繰り返し、挑発すれば殴られる代わりになんらかの情報を得られ、状況が判断できるからだ。

たとえば、初めは余裕だった相手が、挑発するとあからさまに怒鳴るようになり、しまいには手を出し始めたとする。

その一連の流れだけで、策略が進んでおらず、敵が苛立ちを募らせているということがわかる。

苛立っている敵は、挑発すればするほどミスを犯す。付け入る隙があるということだ。

しかし、嵐龍一家の連中は違う。

一切、余計なことは語らない。挑発しても淡々と自分の役割をこなし、礼儀正しく一礼して部屋を出る。

組員がドアを開けた時、外の物音に耳を傾けるが、情報となる物音や会話は聞こえてこない。

フロアに誰もいない可能性もあるが、といって、うかつに抜け出そうとして捕まれば、その時点で命運は尽きる。

仮にうまく抜け出せたところで、その後は嵐龍一家に追われることとなり、京都はおろか、関西圏での情報収集は難しくなる。

藪野は動くに動けない状況に追い込まれていた。

「まいったな……」

つい、弱音がこぼれる。

ベッドに仰向けになり、天井を仰ぐ。

考えても仕方がない。こういう時は流れに身を任せ、その時々の状況に応じて、臨機応変に対処するのが正解。

そうとわかってはいるが、相手が相手だけに、寝ていても緊張感が取れず、疲れが溜まっていく。

気晴らしにとテレビを点けて眺めるが、映像も音声もまったく入ってこない。ただの雑音だ。

緊張を強いられ、動いていないうえに夜寝られないせいか、日中にも眠気が襲ってくる。

天井がまどろみ始めた。

と、ノックされた。

閉じかけていた藪野の双眸がパチッと開いた。すぐ、起き上がる。

「失礼します」

声がかかり、組員が入ってきた。

「なんだ？」

藪野が訊く。まだ、夕食には早い。

「親父が呼んでますんで、来てください」

「藤堂さんが？　用事は？」

「わかりません。田所さんを連れてこいとだけ言われましたもんで。どうぞ」

組員が促す。

藪野はベッドから足を下ろし、あくびをしてうつむき、ゆっくりと靴を履く。

余裕ある、のんきな様を見せているが、心臓はバクバクと鳴っていた。

まずいのか……？

空気を探る。

急な状況変化は、たいていの場合、悪い方へ流れる。

どちらへ流れているか、どのくらい悪化しているか、的確に感じ取れなければ、それは死に直結する。

全身の神経を尖らせて、組員の視線や建物内の空気感を探る。組員にも建物内にも、それなりの殺気は感じるものの、強いものではない。

逃げ出すには絶好の機会だが、ヘタに動けば、落ち着いている空気を掻き回すことにもなる。

どっちだ。いや、どっちにする――。

藪野は肌で感じる声にならない周囲の様子を読み取り、ゆっくりと顔を上げた。

「すまん。案内してくれ」

やおら、立ち上がる。

藪野は逃げない選択をした。

身の危険を感じるほどに建物内の空気は尖っていないと判断した。

決めたら、動悸はおさまっていた。

あとは、出たとこ勝負だ。

組員と共にエレベーターに乗り込み、三階へ上がる。エントランスの黒スーツの組員が
インカムで藪野の到着を知らせる。

ドアが開くと、重里が室内から現われた。

「田所さん、こちらへ」

ドアを押さえ、中へ招く。

藪野は胸を張って、ゆっくりと中へ入った。ドアを潜ったところで藤堂を認め、一礼する。

「田所さん、そちらへ」

藤堂が太い声で促し、大きな手でソファーへ促す。

重里以外の組員が総裁室にいる気配はない。重里に案内され、藤堂と向かい合う位置に腰を下ろした。

「うちのゲストルームはどないです?」

藤堂が訊ねる。

「快適です。三度の食事もおいしい。こんなに良くしてもらって、申し訳ないくらいです」

「緊急事態なんて話になってなけりゃ、夜の街を案内させてもらうんやがな」

「いえ、ほんと、十分です。ありがとうございます」

太腿に手をついて、頭を下げる。

藤堂は笑顔で深くうなずいた。

「ところで――」

藤堂の声のトーンが一段低くなった。和やかな空気は一変、ぴりっと尖る。

「うちのもんに、あんたの話を調べさせた。重里」

「はい」

重里は藤堂と藪野の間に立ち、藪野を見下ろした。

「まず、山盛と青翠に確認してみました。わしの兄弟分がおるもんで。どちらも、安西が新組織を作っているという話など知らず、捜索もしていないとのことでした。ただ、そういう噂が立っているということは、先方も承知しとりました」

「やはり、噂だったということか？」

藪野が重里を見上げる。

「どうやら、そのようですね。田所さんたちもガセネタをつかまされていたっちゅうことです」

重里がうっすらと笑う。

藪野は悔しそうな表情を作った。

が、内心は違っていた。

山盛や青翠の話は、藪野がとっさにでっち上げた作り話だ。その後、信憑性を持たせるために公安部を通して、ヤクザや半グレの間にそういう噂をばらまいた。

富安たちを焦らせ、安西を炙り出すための策でしかなかったが、肝心の富安たちは消え、噂だけ残っている状態になっていた。

この実状はあまりよろしくない。

嵐龍一家だけでなく、山盛会や青翠連合も、つまらない噂を流した者を捜そうとするだろうから。

「誰がそんなデマ流しやがったんだ？」

藪野はわざと訊いた。

「それはまだ調べているところです。単に噂に尾ひれがついたものならいいんですが、関西と関東をぶつけようと画策してる何者かがいると面倒ですからね」

そう言い、藪野を見据える。

その眼差しは鋭い。

疑ってやがるな……。

自分の置かれている立場が悪化していることを、藪野は感じ取った。

「富安たちの動向も調べてきました。やつら、京都を出て、兵庫に向かったようです」

「兵庫？　あっちで組を再興するつもりか？」

藪野は目を丸くして訊いた。

「まだ、確定情報じゃないんですが、どうやら大企業の傘下で警備会社を立ち上げるようです」

「警備会社だと？」

さらに目を見開く。

「ひそかに準備していたようですね。富安に近い者の話では、西比良が解散して半年後から、元組員のしのぎを確保するために警備会社の設立を進めていたようです。が、コロナで飲食店やオフィスが閉じる中、先行きが不透明になり、立ち上げを保留していたそうです」

重里がすらすらと話す。

警備会社の設立というのは意外だったが、重里の情報は裏でも深いところから引っ張ってきた情報だろうから、確度は高そうだ。

それ以上に脅威なのは、富安の情報を重里はたった三日で仕入れたという事実だ。藪野や公安部が探ってもわからなかった情報をたったの三日でつかんでくる裏社会の情報網は恐ろしい。

早晩、藪野が田所でないことも、西比良組再興の噂を流したのが当局側だったこともつかむだろう。

その前に、嵐龍一家からは離れないと危ない。

「安西のヤサはわかったのか？」

「はい、こちらです」

重里はポケットから一枚のメモを取り出した。指でつまみ、藪野に差し出す。

藪野が取ろうとした。

が、重里はひょいっと手首を返し、持ち上げた。メモを胸のポケットに差す。

「どういうことだ？」

藪野は睨み上げた。

重里が片笑みを浮かべ、まばたきもせず藪野を見据える。

「田所さん、これはうちが手間かけて拾ってきた情報だ。それなりの見返りがないと渡せません」

「取引しようってのか？」

眉間に皺を立てる。

が、その程度の脅しは重里に利かない。やや小馬鹿にしたような涼しい顔で藪野を見下ろしている。

「田所さん」

藤堂が口を開いた。

藪野の身が緊張で硬くなった。

「うちは、突然訪ねてきたあんたと会う必要もなかったんですわ。そこを、話を聞いて、さらに調べまでしてやったわけですやろ。ほんで、情報も仕入れてきた。それをタダで渡せっちゅうのは、いくら警視庁のマル暴さんでも虫が良すぎやおまへんか？」

静かな口調だが、息苦しいほどの圧がかかる。

「何事にも対価っちゅうもんがおまっしゃろ。重里が取ってきた情報に見合った対価をもらわんと、割に合わしまへんで」

藤堂が笑顔で睨む。

今にも食われそうな迫力だ。

藪野は息を飲んだ。呼吸が短くなる。が、少しずつ呼吸を長くした。

ゆっくりと呼吸すると、パニックになりかけた神経が落ち着いてくる。

恐怖に飲み込まれれば、そこで終わる。

藪野は大きく息を吸い込んで吐いた。固まっていた双肩から力が抜けた。

「総裁の言うことも、ごもっともですな。何をお望みでしょう？」

藤堂に向かって訊く。

「甲西会《こうざいかい》の小野田《おのだ》以下、幹部をパクってくれまへんか？」

藤堂はにやりとした。

甲西会は、嵐龍一家と並び、京都を根城とする老舗のヤクザだ。伏見を根城とし、嵐龍一家とは島を住み分けている。

「伏見を獲《と》るおつもりで？」

藪野が見やる。

「京都はどこも不景気でしてな。しのぎも上がらんようになってきとるんですわ。そないな状況やから、いくつも組があってもしょうもおまへんやろ。なんで、うちがまとめようかと思いましてな」

「戦争になりますよ、総裁」

「そやから、そうならんよう、あんたとこで頭をもいでくれと頼んどるんやおまへんか。頭がのうなった蛇は怖くもなんともあらしまへんでな」

藤堂は要求をやめない。

「連中を挙げるネタはいくらでも提供させてもらいますで。京都の町を浄化するのも、私ら一般市民の責務やから」

藤堂が笑みを濃くした。

「甲西の頭もいだら、うちがつかんだネタも差し上げますわ。のお、重里」

「喜んで」

重里も不敵に微笑む。

逃れる術はなさそうだ。

「わかりました。一度持ち帰って、相談させてください」

「あまり待てまへんで。街が動きだしたら、掃除する機会も失いますよってな。あんじょう、よろしゅう。重里、田所さんを玄関までご案内しろ」

「田所さん、どうぞ」

重里に促され、立ち上がる。

藤堂に一礼し、背を向け、ドア口へ歩こうとした。

「あ、そや、田所さん」

藤堂が呼び止める。

藪野は振り向いた。

「なんでしょう？」

「つまらん噂を振り撒きよったどこかのボケですけどな。あたりはついとるんで、確定次第、山盛にも書状を回す予定です。回状が回ったら、そのボケ、生きとられんやろな」

そう言い、目を剝いて、藪野を凝視する。

「そうですな。また教えてください」

笑みを浮かべる藪野の脇に、大量の汗が噴き出した。

第四章 闇社会

1

神子島への本社移転を一週間後に控えたその日の午前中、梶原は退社の挨拶を終え、会社を去った。

花束もなく、瀧川以外、誰一人見送りしないという淋しい終焉《しゅうえん》だった。

玄関まで見送りに出た瀧川に、梶原は「こんなもんですよ、サラリーマンなんて」と自嘲したが、梶原に対する冷遇はあまりにもひどいと感じた。

もし、自分が就活生なら、この会社は選ばないだろうと思う。

しかし、今は長期潜入中の身。目的を達するまでは、私情がどうあれ、しがみつかなければならない。

今、東京本社では、ほとんどの業務が停止している。

東京本社にいた社員の半分はすでに神子島へ移動していて、その社員たちとリモートワークをしている社員らが業務を引き継ぎ、処理している。

残った者は、残務整理という名のオフィスの片づけだ。多くは、瀧川のような勤続年数の浅い若手だった。

梶原が去り、片づけを始めて四日。移転まではあと三日となっていた。

「井上さん、片づけは進んでいるの？」

瑠美が睨む。

ただ訊くだけでいいのに、なぜか瑠美は、部下に対して口を開く時、居丈高になる。女だてらに頭を張っているというわけでもない。瑠美の上には部長がいるし、何より、この時代、女性が高い地位にいて部下を率いること自体、めずらしいことでもなくなっている。

気が小さいのだろうかと様子を見ていたが、特段、小心者という感じでもない。ただの癖なのかもしれないが、受け取る方はなんだか悪いことでもしてしまったのかと思い、萎縮する。

「自分の分は終わりました」

「じゃあ、梶原さんのところを片づけて」

「えっ？　梶原さん、退職する時に片づけていったんじゃないんですか？」

「私物は持って帰ったんだけど、会社のものは放りっぱなし。ほんと、最後まで何一つきちんとできない人だったわ」

瑠美は胸下で腕を組み、口をへの字に曲げた。

「今日中にやっておいてね。明日は朝から業者が来て、荷物を運び出す予定だから」

「僕一人でですか？」

「当たり前でしょ！　他に暇を持て余している人がいる？」

腕を振り回す。

気の毒そうに見ていた同僚たちは、瀧川と瑠美から視線を外して、自分の作業に没頭しているふりをした。

隣席だった梶原のデスクの引き出しを開けてみる。ファイルやプリントがぎっしりと残っていた。

思わず、ため息が出る。

「井上さん！」

いきなり大声で呼ばれ、びくっとして背筋を伸ばす。

「残業代は出るから、お願いね」

瑠美はそう言い、自席へ戻っていった。

うらめしげに瑠美を見送り、さっそく段ボールを組み立てる。

会社の移転は大変だ。

大量の荷造りはもちろんだが、荷造りをする際、必要なものと不要なものを整理しながら進めなければならない。さらに、不要なものの中にも社外秘のものがあれば、それも仕分けして、梱包することを求められる。

一枚でも、会社にとって適切に処理すべき不要資料を普通ゴミで出してしまうと、思わぬトラブルを招いてしまうこともある。

瀧川は、アノンGHDの内情や仕事に関係する要所を押さえてはいたものの、それでも創設から在籍していた梶原の仕事資料となると、やはり、気をつかう。

誰かに手伝ってもらいたいが、コンプライアンスの問題もあり、残業は許可された者だけにしかできなくなっている。

今のところ、瑠美が残業許可を出したのは瀧川だけ。つまり、何が何でも瀧川が一人でやれ、という命令に等しい。

瀧川は椅子の周りに組み立てた段ボールを並べた。デスクから残っている書類や資料、文房具などを出して、放るように振り分けていく。

「にしても、やりっぱなしだなあ……」

さすがに愚痴がこぼれる。

使い切ったボールペンや消しゴムの欠片、くすんだ五円玉、使い物にならないゼムクリップなど、まあ、ミニゴミ屋敷かと思うほど、不用品が出てくる。

瀧川はデスクの柱に指定ゴミ袋をガムテープで貼り付け、どう考慮してもゴミにしかならないものをぽいぽいと捨てていった。

と、机の奥にUSBメモリーがあった。何も貼られていない。

会社のものには個別の番号が振られていて、その番号が印字されたラベルが貼られている。しかし、このUSBにはラベルが貼られていた形跡もない。

私物か。キャップ付きの大きいもので、少し端々が掠れているところをみると、古い物のようだ。今は、どの会社も、私物の記憶装置を持ち込むことを禁じている。

おそらく、まだ規制が緩かった頃に持ち込まれたものだろう。

中身が気になる。しかし、人目があるところであからさまに何かをポケットにねじ込むのはリスクが高い。

チャンスを待とう。

瀧川は思い、書類や資料の整理を始めた。

書類や資料もほとんどはすでに終わった仕事のもので、紙ゴミにしかならないものがほとんどだった。

中には、雑誌の切り抜きやどこかのスーパーの特売チラシまで挟まっている。

本当に、どんな仕事をしていたのだろう……と首をかしげる。

しかし、それらが会社の資料として必要なら残さなければならない。

瀧川はいくつかサンプルを持って、瑠美のところへ行った。

「すみません、このあたりの資料や書類、必要なものはありますでしょうか？」

デスクの端に置く。

瑠美は手に取って、ぱらぱらと見た。

「全部、ゴミじゃない。あの人、ゴミを大量に置いていったの！　まったく！」

眉間に皺を寄せ、手に持った紙の束をゴミ箱に投げ入れた。

「じゃあ、全部処分ということでよろしいですか？」

「処分、処分！　あの人の残していったものが役に立つわけないんだから！　全部箱に詰めて、集積場に持っていって！」

「一応、チェックしないと……」

「君の好きにしたらいい。とにかく、明日までに終わらせて！」

ヒステリックに命じる。

「私は定時で上がるから、君の仕事が終わったら、管理室に声をかけて、施錠してもらうように」

「僕が最後になるということですか？」

「君にしか残業は許可してません！」

察しろと言わんばかりに怒鳴る。

「わかりました」

瀧川は肩を落として、席に戻る。

周りの社員たちの同情的な視線が集まる。

瀧川は席に戻って、ため息をつき、顔を伏せた。が、その顔には笑みが滲みそうになる。

メモリーを入手できそうだ——。

笑みを嚙み殺し、気だるそうに作業を再開した。

2

白瀬が小野喜明の父、宗弘から連絡をもらったのは、日向邸を訪ねた一週間後のことだった。

宗弘は白瀬に「息子の取材ノートを渡したいから、取りに来てほしい」と日時と場所を指定した。

それが今日だった。場所は小野喜明の自宅。時間は午後十一時に、という指示だった。

なぜ夜半に、という疑問に、宗弘は、近所の目を避けるため、と答えた。

宗弘は、ピンポイントで午後十一時に来てくれと言った。その時間帯が最も近所の目がなく、怪しまれることも少ない時間なのだという。

地方の住宅街では、四六時中、誰か彼かが街の様子を見ている。人通りの多い時間帯にうろうろしていたり、逆に深夜にうろついていたりすると、翌朝にはたちまち街中の噂となって駆け巡る。

長くこの街に暮らす宗弘は、そうした住人のタイムテーブルを熟知している。密会する時は、地元の人の指示に従うのが賢明だ。

白瀬は近くの車の中で待機し、午後十一時ジャストに小野宅を訪れた。

玄関ドアが開いていた。三和土に娘の江里子が立っていて、手招く。

白瀬は周りの様子をさっと見回して、足早に入った。引き戸が音もなく締まる。レールにオイルを注したようだ。

廊下に灯りはなかった。リビングから少し明かりが漏れている。

「夜中にわざわざすみません」

「いえ、こちらこそ、ありがとうございます」

「どうぞ」

廊下に上がり、白瀬を招く。

白瀬は靴を脱いで、江里子の後に続いた。廊下の軋む音が聞こえるほどの静寂だ。

江里子はリビングのドアノブに手をかけた。少しだけ開け、入るように促す。

白瀬は滑るように部屋へ入った。江里子も入ってきて、すぐにドアを閉める。

リビングには宗弘と妻の葉子、江里子の元夫・日向正治の顔もあった。

「神永さん、わざわざこんな時間に出向いてもらい、申し訳ありません」

宗弘が太腿に手をついて、頭を下げる。

白瀬はその場に両膝をついた。

「いえ、こちらこそ」

頭を下げる。

「どうぞ、そちらへ」

宗弘が入口側のローソファーを手で指した。

「失礼します」

白瀬はローソファーの真ん中に座った。

対面には宗弘と葉子がいた。ドア口には江里子。左斜め後ろに日向がいる。

「夜も遅いので、さっそくですが」

白瀬が切り出した。

「その前に――」

宗弘が白瀬を正視した。

「あなたは本当にジャーナリストですか?」

宗弘が訊く。

「疑うわけではないんだが、手の込んだ仕込みで日向君の家まで突き止めて、私たちを見つけ出したあなたの手法が、どうにもジャーナリストとは思えんのですよ。私らは田舎者なので、マスコミの仕事は知らんのですが」

宗弘は率直に話した。

「そうですよね。ご心配なさるかもと思い、参考までに持ってきました」

白瀬はバッグから雑誌を三冊取り出した。どこの書店にもあるメジャーな雑誌だ。

「付箋を付けておきました。見てみてください」

白瀬は言った。

宗弘が雑誌を広げる。背後から、日向も手を伸ばして雑誌を取る。

少し左翼系で堅めの雑誌だった。中の記事は、政府や企業に切り込んだものが多い。

写真入りの記事もある。宗弘は小さく丸で切り抜いた写真と白瀬の顔を何度も見比べた。

宗弘から写真入り記事を受け取った日向も、斜め前に回って、白瀬の顔とじろじろ見比べる。

そして、宗弘を見てうなずき、雑誌をテーブルに置いた。

「いや、神永さん。疑って申し訳なかった」

宗弘が頭を下げる。

「いえいえ、私たちにはよくあることです。お気になさらないでください」

テーブルに置いた雑誌を集める。

もちろん、これは公安部に用意させたものだ。

初めて小野夫妻に会った時、宗弘は確実に白瀬を疑っていた。

その疑念を晴らすには、現物を見せるのが最も有効だ。

出版という業種は、やはり、地方では特殊なもので、馴染みのない人たちにとっては〝得体の知れない仕事〟でもある。

しかし、雑誌は書店やコンビニエンスストアにあふれているので、メジャーどころの雑誌名は知っている。

そして、メジャー誌で〝書いている〟と知ると、懐疑はたちまち羨望に変わる。

雑誌をバッグに入れ、改めて宗弘に向き直った。

「信じていただけましたか？」

「ええ」

宗弘は言った。

「では、喜明さんの取材ノートを見せていただけませんか？」

白瀬が切り出す。

宗弘は葉子に目を向けた。葉子は足元に置いていたノートの束を持ち上げた。テーブルに置いて、白瀬の方に押し出す。

「これです」

ノートは二十冊近くあった。どれも端々がささくれている古い物だ。

「失礼します」

白瀬は引き寄せ、一番上のノートを手に取り、開いてみた。

岡山県を中心とした中国、四国地方のネタが乱雑に書き殴られている。

その中に神子島の記載があった。

五年前のことだ。

地元の漁師のインタビューの中に〝工事業者が入ってきている〟という記載がある。

次のノートを広げてみると、そのノートからは開発業者に関する取材メモとなっている。

神子島で山火事があり、焼失した山は放置されていたらしい。そこに業者が入り込んで、何やら開発を始めたようだ。

喜明は、重機の台数や開発状況を見て、大手の業者が入っているようだと記している。

そして、三冊目のノートで、ようやく開発業者が大手ゼネコン三芝建設、神子島の焼失した山一帯を買い占めたのがアノンGHDであることを突き止めた。

漁師のインタビューから一年後のことだ。

それ以降のノートには、アノンGHDや三芝建設のこと、両社の幹部に関する細々とした取材メモが記されている。

「これはすごい……」

白瀬は目を輝かせて読みふける。

喜明のノートだけで、アノンGHDがなぜ神子島に本拠地を持っていこうとしているのかの概要はわかる。

しかし、肝心の行方に関する情報は出てこない。

最後に誰と会い、何をつかんだのか。最も欲しい情報はそこだ。

細かく見てみるしかないな……。

貸し出しを願い出るべく、顔を上げようとした。

その時、腕に鳥肌が立った。

背後に強烈な悪意を感じた。動こうとする。

瞬間、後頭部に衝撃が走った。

しまっ……た……。

日向の姿が背後にあった。

喜明のノートに集中するあまり、多少油断してしまった。

日向の手にはバットが握られていた。

上体が大きく傾く。

「なぜです……」

テーブルに手をついて、宗弘を見やる。

「あなたは偽者だ」

宗弘が冷たく見返したその時、再び頭部に衝撃が走った。

テーブルに額を打ちつけた白瀬の意識が、ふっと途切れた。

3

午後十一時を回った頃、瀧川は自宅に戻った。

梶原の残していたUSBメモリーはうまく持ち出せた。

鞄を放り、上着を脱ぎ捨てると、さっそく机の前に座り、ノートパソコンを手繰り寄せた。

電源を入れ、起動を待つ間、ネクタイを緩めてワイシャツの第一ボタンを外す。

タッチパッドを指で操作し、まず、Wi-Fiネットワークを外した。万が一、ウイルスが仕込まれていた際、自分のパソコンだけに被害を留めるためだ。

ネットワークが切断されたことを確認し、メモリーをUSBポートに差し込んだ。

すぐ、ノートパソコンはメモリーを認識した。

だが、パスワード画面が出てきた。

「やっぱ、ロックしてるか……」

瀧川は梶原との話を思い出し、あれこれとパスワードのヒントを探る。試しに入れてみようかと、キーボードに指を置くが、入力しかけてやめた。

ものによっては、たった一度のパスワードミスで、内容を消去してしまうメモリーもある。

瀧川は鞄を引き寄せた。

中には、古びたノートやメモが入っていた。梶原が何か情報を残しているのではないかと思い、整理しながら〝ゴミ〟として取り分けたものだ。

畳の上に広げ、片っ端から見ていく。パスワードらしき表記は見当たらない。

「困ったな……」

B5判のメモ帳をぺらぺらとめくった時だった。

仕様書が落ちた。拾って、見てみる。

瀧川が持ち帰ったUSBメモリーの仕様書だった。

パスワードの設定方法を確認しようと中に目を通す。と、仕様書最後のページにあるパスワードの覚書欄に英数記号が記されている。

「えっ？　いや、まさかねえ……」

昔の仕様書には、パスワードを忘れないよう、ログインIDやパスワードを記す欄が設けられていた。

そこに几帳面にパスワードを書いている人に会ったことはないが――。

仕様書を見ながら、英数と記号を入れてみる。そして、リターンキーを叩いた。

はたして、メモリーのロックは解除された。

「アナログな人だったんだなあ……」

梶原を思い出し、なぜか納得してうなずく。

さっそく中身に目を通し始めた。

が、梶原の微笑ましさとは裏腹に、記録されていた内容は重々しいものだった。

弛《ゆる》んでいた瀧川の顔が険しくなる。

中身は、梶原が総務部にいた当時のトラブル処理に関するものだった。

派遣先とのトラブル処理はもちろん、総会屋対策や社内の揉め事まで、ありとあらゆる問題の解決に当たっていた。

中でも多かったのが、建設関係労働者の派遣に関するトラブルだった。

かつて、建設現場で働く日雇い労働者は、手配師と呼ばれる者たちが、ドヤ街にたむろする男たちに声をかけて必要な人数を集め、現場へ運び働かせるという方法が主流だった。

手配師に雇われた者の取り分は一割にも満たないことが多く、中には弁当一つで働かせる悪質な手配師もいた。

しかし、労働者派遣法が整備され、適切な手続きと報酬が求められるにつれ、正規の派遣会社が依頼主と契約を結んで人材を派遣するという形に変わった。

今でも、派遣会社と派遣労働者の報酬比率の割合については疑義が持たれるところではあるが、手配師が誰彼かまわずかき集め、ワゴンに寿司詰めにして運んでいた頃に比べれば、待遇は雲泥の差だった。

アノンGHDは、設立当初から建設労働者派遣に力を注いでいた。

だがそれは、手配師たちの縄張りに手を突っ込むことでもある。

手配師のほとんどは反社会勢力の構成員、もしくは関係のある者だ。しのぎを削られて、黙っているわけがない。

会社に何度も訪ねてきては、得られるはずだった報酬の七割を払えだの、自分を雇えだのとごねる者が後を絶たなかった。

中には、あからさまにトラックで突っ込むとか、帰り道に気をつけろと脅してくる者もいた。

梶原は手記の中で〝毎日、生きた心地がしない〟とぼやいているが、自分が梶原の立場になればと想像すると、それもうなずけた。

梶原はあくまでも一般の会社員だ。かたや、相手は海千山千を潜ってきた裏社会の人間。本来であれば、接することのない人種に関わらざるを得なくなれば、誰であろうと心労は増すものだ。

梶原の苦痛を思うと、気の毒になる。

梶原の手記の中身は、どんどん凄まじいものになっていく。

個別に対応している最中に殴られたという事例はまだかわいいもの。話し合いがこじれて、刺されそうになったという表記まである。

よく辞めなかったものだと感心する。

梶原は、その理由を記していた。

秋田に住む母親は、梶原の少年時代から体が弱い人だったようだ。病名は記していないが、通院費やリハビリ、介護費用を捻出するために働かざるを得ないと連ねていた。

そんな梶原の状況を一変させる出来事が起こったのは、設立から半年が経った時のことだった。

大手ゼネコン三芝建設から、大量の建設労働者の派遣契約が取れた。会社は浮上のきっかけにと、総出で人材集めに奔走した。

好条件、好待遇の募集に、優秀な建設労働者は次々とアノンGHDに派遣登録をした。

その中に、西比良組が関係している派遣会社の登録者が大勢交じっていた。

西比良組といえば、日本最大の暴力団、山盛会の二次団体の中核で西日本の雄である。

西比良組は、三芝建設の大型案件に、自分の会社に登録する建設労働者を大量に送り込むつもりだった。

が、それをアノンGHDに取られた。

多くの反社会組織なら、そこで実力行使をして、いくばくかのおこぼれに与ろうとするのだが、西比良組は違っていた。

自分の舎弟企業に登録している派遣社員をわざと送り込んだ。

そして、仕事が始まって一カ月後、富安という若頭がアノンＧＨＤを訪れた。

自分たちの会社の登録社員を引き抜いて、堂々と使うとは大した度胸だ、と。

もちろん、言いがかりだ。アノンＧＨＤ側は、西比良組関係の会社の派遣登録社員とは知らなかった。

梶原は当初、警察に話して事を収めるつもりでいた。

しかし、富安は何かを要求してきたわけではない。労働者が複数の派遣会社に登録することも違法ではない。

訴え出たところで、彼らを取り締まれる法律は暴対法ぐらいしかない。

が、暴対法で彼らの動きを封じたとしても、上から下まで一掃されなければ、必ず、報復に遭う。

どうしたものかと悩んでいた時、富安がある提案をしてきた。

それを読む瀧川の表情が、ますます険しくなった。

富安の提案は、このようなものだった。
・自分らの会社の登録者に関しては、取り分を会社３：労働者７にすること
・労働者の報酬、給与に関しては、富安たちが指定した個別口座に振り込むこと

・その他のトラブルについては、今後、自分たちが解決に尽力するので、協力会社として招き入れること

巧みだった。

本来、二重派遣は労働派遣法で禁じられているが、労働者はアノンＧＨＤに登録している者たちだ。

給与に関しても、個別口座なので、形上は本人に直接渡っていることになる。

また、トラブルに関して、解決に協力するというのは、言い換えれば、この条件を断わればかき回す、という意味でもあった。

飴と鞭を巧みに使い分けていた。

梶原は悩んだ末に、独断で、富安の条件を呑んだ。

その後、梶原を悩ませていた手配師関係のトラブルはぴたりとなくなった。

一方、トラブルの解決金は、徐々に高くなっていき、会社の経費を圧迫することになった。

さらに悪いことに、内部監査で、富安との密約が発覚してしまった。

梶原は取締役会で責任を追及された。

通常であれば、即解雇もやむを得ない事態だが、助け船を出してくれたのが前田常務だった。

前田は、設立当初から面倒な仕事に取り組んでくれた梶原を無下に放り出すのは、会社としてどうなのかと掛け合った。

話し合いの結果、梶原は閑職扱いの平社員に降格。今後もその位置に甘んじるのであれば、定年まで勤めてもよいという結論に至った。

梶原は、手記の最後をこう結んでいる。

〝会社に尽くしてきた者への扱いとしては大いに不満だが、生きる術を残してくれたことはありがたい。何があろうと、母を支えるために、私は働かねばならない〟

読み終えて、瀧川は天を仰いだ。

やるせなさが吐息となってこぼれる。

梶原のあまりにつらい会社員生活には同情を禁じえない。

その時々、正しい選択肢はあったのかもしれないが、それは自分の命を懸けることにもなる。

警察官であれば、使命感を持って、そうした悪意に対峙できる。

しかし、一般人はどうだろうか？

自分の身をなげうってまで会社に尽くす必要があるのか。

そう考えると、一般的に間違った選択をしてしまうのも仕方がない。

落ち着いたら、一度会いに行こう。

瀧川は思い、改めて、中身に目を通し始めた。

特筆すべき内容は、アノンＧＨＤと西比良組の関係だった。

反社会勢力が、一度食いついた獲物を逃すとは思えない。西比良組は解散したはずだが、なんらかの形でかかわっている可能性はある。事の仔細を知るのは、当時の監査役と梶原に対する決議を行なった取締役。特に、前田常務はその後の反社会勢力との関係も知っているだろう。

取り入るのは、前田常務か――。

いろいろ思案を巡らせながら、梶原の手記を読みふけった。

4

「嵐龍一家の件はもういいだと？　どういうこった！」

藪野はホテルの一室で怒鳴った。

電話の相手は今村だ。

嵐龍一家の事務所から解放された藪野はすぐに自分の身に起こった出来事を報告し、今村に手配を頼んだ。

京都駅近くのホテルに滞在先を移して、待つこと四日。ようやく来た今村からの電話の第一声が〝京都での情報収集は終了。嵐龍一家の件はもういいので、次の指示まで待機しろ〟というものだった。

「甲西会の手入れはどうなったんだ！」

藪野の声が大きくなる。

──落ち着け。甲西会の件は、京都府警の組対に伝えておいた。嵐龍一家の狙いもな。あとは向こうの出方次第だ。

「おまえ……何やってくれてんだ！」

──何と言われても、嵐龍一家からの情報が必要なくなったから、次のミッションを進めているだけだ。

「俺がどうなってもかまわねえってことか！」

怒りが収まらない。

「嵐龍の連中が、ホテルを張ってんだ！　こっちが動かねえとわかれば、連中に拉致される。おまえ、現場の状況わかってんのか！」

──わかっている。まあ、落ち着け。

「落ち着いていられるか！　命かかってんだぞ、こら！」

スマートフォンを握り締める。

目の前にいれば、顔形がなくなるまで殴りつけそうだ。

──京都府警の組対四課には、おまえが嵐龍から預かった甲西会の裏風俗関係の資料は渡してある。いずれ、踏み込むという話は聞いている。しかし、それがいつかは断言できない。

「目度を聞いてこい！　それでまとめる」

――適当に言ったらどうだ？　いずれ踏み込むのは間違いないんだから。

「おまえ……」

声が震える。

だが、電話の向こうから冷たい声が返ってくる。

――嵐龍は放っておけ。万が一、おまえに何かあれば、潰されるのは嵐龍だ。向こうもそれはわかっている。無茶はしない。

今村は斬り捨て、話を続けた。

――これから、兵庫へ行ってもらいたい。富安と接触しろ。

「おまえ、正気か？」

藪野は怒りを通り越して、ため息が出た。

自分たちが〝ただの駒〟だということは重々承知している。が、ここまで人ならざるもの扱いを受けると、ある種清々しい。

「俺が、嵐龍との約束を無視して、勝手に富安らを探し出して接触したら、どうなるかくらい想像がつくだろうが」

——心配するな。ガードは万全に整える。

「おまえらが〝万全のガード〟をしていたことがあったか？」

吐き捨てる。

ガードは付けていても、その場その場の状況であっさり見捨てることもある。

だが、事ここに至っては、命令に従うしかないのだろう。

あまりにいつものパターンに嵌め込まれ、憤りは禁じ得ないが、これ以上言い争っても決定が覆ることはない。

「……どうするんだ？」

藪野から折れた。

電話の向こうの今村がほくそ笑む様が手に取るようにわかり、歯噛みする。

——富安に接触して、連中が起ち上げようとしている警備会社の実態を探れ。

「どこにいるんだ、富安は？」

——ヤサは特定した。住所はあとで送る。頼んだぞ。

今村は一方的に命令し、通話を切った。

藪野は脱力し、肩を落としてうなだれた。

今村からのメールが届いた。スマホで受け、内容を見る。

富安の住所がそっけなく送られてきただけだった。

「新開地か」

藪野はつぶやいた。

新開地は、兵庫県神戸市にある。新開地駅は阪神電鉄、阪急電鉄、神戸電鉄の三社が乗り入れるハブとなっていて、ここから東西南北のベッドタウンへ向かうことも多い。

一九六〇年ごろまでは、映画館や演芸場、娯楽施設、風俗店が軒を並べ、東京の浅草と並び称されるほどの神戸一の繁華街だったが、今はその座を三宮や元町に譲り渡している。

とはいえ、今でも神戸市内の主要な商業地であることに変わりはない。

一時は昼間から酔い潰れる人たちが路上に転がっているようなありさまにまで荒み、行くのもはばかられるような雰囲気にまで寂れた街も、阪神・淡路大震災をきっかけに再開発が進み、近年は徐々に賑わいを取り戻しつつある。

だが、街の端々にはかつての荒廃した頃の名残もあり、富安たちのような人間にはまだ居場所を得やすい環境でもあるのだろう。

「仕方ねえ。行くか」

時計を見る。午後三時を回ったところ。

京都府に新型コロナウイルスによるまん延防止等重点措置が出されているとはいえ、表にはまだ人通りが多い。動くなら急ぎがよさそうだ。

藪野は普通に捜査に出るような恰好で、必要最低限のものをショルダーバッグに詰め、部屋を出た。フロントに鍵を預け、チェックアウトはせず、ホテルから出る。

そのまま京都駅へ向かい、警察手帳を見せて改札を潜り、ＪＲ神戸線のホームに立つ。

と、まもなく、横と後ろを重里の部下に囲まれた。

「どちらへ？」

左後ろから声がかかる。

「ちょっと、神戸へ行ってくる」

「ご用件は？」

「富安に会ってくる。うちの課員がヤサを見つけたんでな」

「安西の居場所を聞き出して、うちとの話をご破算にするんやないでしょうね」

声に殺気がこもる。

右隣の組員が右手をジャケットの内側に入れた。

「心配するな。もし、安西の居場所がわかっても、甲西会の手入れはやる。もう府警の組対に打診してある。あとは府警がどう動くかだが、それはあちらさんの胸先三寸なんで、こっちからいつとは言えねえんだ。ともかく、手入れの手配は済ませてるから、もう少し待ってほしいと、重里と藤堂総裁に伝えてくれ」

「本当でしょうね？」

「嘘ついてどうすんだ、この状況で」

ちらっと右横に顔を向ける。

「逃げる気はねえ。ホテルもチェックアウトしてねえから、あとで確認してみろ。まん防も出てる今、警察も動きづらいんだ。事情を汲んでくれ」

「わかりました。伝えておきます」

後ろからそう言われる。

と、藪野を挟んでいた組員たちがスッと消えた。

藪野は肩越しに振り返った。

組員らしき姿はない。

しかし、必ず、尾行は付けているはず。

藪野は大きく息をついて、額の汗を手のひらで拭い、入ってきた電車に乗り込んだ。

5

瀧川は、梶原が残したUSBメモリーの解析データを送った翌日、今村に呼び出され、警視庁本庁舎の公安部フロアに来ていた。

潜入中に呼び戻されることはめったにない。敵が監視しているかもしれない中、本庁へ出入りするのはリスクが高い。

作業班員は、案件が片づくまでは庁舎に戻らないというのが基本だ。

アノンGHDは今日も通常通り動いている。しかし、瀧川は無断欠勤していた。

今村から欠勤の連絡をするなという指示を受けたからだ。

意図がわからなかった。

悶々とする中、午後を迎え、指定された十五時過ぎにフロアに向かった。

顔を出すと、今村からすぐ、奥の小会議室へ行くよう指示された。

中に入って待っていると、十分後に今村が資料とタブレットを手に入ってきた。

座ったまま、今村を見やる。一応、上司ではあるので、会釈の一つもすべきだろうが、とてもそんな気分になれない。

今村は、テーブルを挟んだ斜め左向かいに腰かけた。

手に持ったものをテーブルに置き、顔を上げて瀧川を見つめる。

「状況が変わった。君にはこのままアノンGHDを辞めてもらう」

唐突な変更に、瀧川は面食らった。

「長期潜入のために入り込んだ班員が、わずか一カ月足らずで離脱するなんてこと、あるんですか?」

「まれだが、なくはない。今回はまれなパターンとなった」

「では、辞職願を出さなければいけませんね」

「それはいい。このまま無断欠勤を続けて、クビになれ」

「どういうことなんです？」

　ますますわからなくなり、首をかしげる。

「クビを切られた後、梶原に接触しろ」

「梶原さんに？」

「そうだ。おまえが送ってきたデータを基に、梶原の経歴を調べ直した」

「なぜですか？」

「データの中に、西比良組の富安の名があったからだ。旧西比良組の動向は今、藪野が追っている」

「藪さんが？」

　思わず、訊き返す。

　今村はうなずき、話を続けた。

「アノンＧＨＤに長期潜入している別の作業班員から、旧西比良組の安西が新組織の結成を企んでいるらしいとの報告があってな。藪野にその真偽を探らせていた」

「アノンＧＨＤと旧西比良組が関係していたということですか？」

「詳細はわからなかったが、もし関係しているとすれば、厄介な事態になりかねんからな。念のために、安西の居場所を探り出して、確かめることにした。しかし、安西はどこかに隠れたまま姿を見せない。その捜索過程で、藪野が接触したのが、旧西比良組の若頭、富安だ」

「富安って、梶原さんが総務時代に相手をしていたという」

「そうだ。我々もなぜ、アノンGHD内部から、西比良組や安西という名前が出てくるのか気になっていた。今回、おまえが送ってきた情報で、アノンGHDと西比良の関わりが特定できた。そこで、内部の情報は先任の潜入作業班員に任せることにして、おまえは梶原からさらなる情報を引き出すための要員に振り向ける決定をした」

「では、アノンGHDの社員として生きるという話は……」

「なしだ」

きっぱりと言い切った。

そんなものだろうとは思っていた。

上場企業から給料をもらいながら、公安部からも給料をもらって、何事もなく役目を終える……なんてのは、虫のいい話だ。

必ず、よくない事が起こるとは思っていたが、まさかこんなにも早く、ほのかな期待を断ち切られるとは——。

笑ってしまう。

そして、自分の置かれた境遇に、ほんのりと切なさが染みる。

「方針を変えた要因はもう一つ。アノンGHDの疑惑を調べていた小野喜明というジャーナリストの捜索に白瀬を当たらせていたんだが、一昨日晩から連絡が取れなくなった」

「白瀬さんが！　休暇に入ったんじゃないんですか？」

「手が足りなくてな。無理をしてもらった」

今村が言う。

額面通りに受け取ることのできない発言だ。が、どうあれ、白瀬がトラブルに巻き込まれたのは間違いなさそうだった。

「今、他の班員に捜索させているが、見つかっていない。しかし、このトラブルで、やはり、失踪中の小野喜明がアノンＧＨＤに関する重大な情報をつかんでいたことが確認された」

今村が言う。

まるで、兵隊が一人死んだだけ、というような言い回しに腹が立つ。が、ここで怒鳴っても仕方がない。

「僕は何をすればいいんですか？」

瀧川は訊いた。

「アノンＧＨＤと旧西比良組の関係を最もよく知っているのは、梶原だ。梶原が西比良組との関わりをどう処理したのか、あるいはそのまま総務部と結託してトラブル処理を任せていたとすれば、誰にどう引き継がせたのか。そのあたりを詳細に調べてもらいたい」

「素直に話すでしょうか？」

「彼には病気の母親がいるだろう？」

かすかに笑みを滲ませる。

さすがに瀧川の中に怒りが込み上げた。

思わず、天板を平手で叩いて腰を浮かせる。

「梶原さんの身内は関係ないでしょうが！」

今村を睨みつける。

「使えるものは使う。私情は捨てろ」

今村は静かに睨み返した。

「断わると言ったら？」

「彼の母親が、我々が手配した特養施設への入居ができなくなるだけだ」

「手配したとは？」

「我々も、タダで情報を出せと言っているわけではない。相互利益があるようにはする。調べたところ、梶原が親の面倒を看ざるを得ないのは、高齢者施設の高額な入居費と入居先の選定に苦慮しているからだということがわかった。彼に母親の入居施設を紹介し、初期費用はもちろん、毎月の入居費も国が負担する。個室なので、コロナ禍にあっても面会は可能。これ以上ない条件だと思うが」

「金で売れ、というわけですね？」

瀧川の眉間に皺が立つ。

「おまえは勘違いしている。我々は強制しているわけでも、脅しているわけでもない。彼が提供してくれるであろう情報の価値に対価を払うだけ。いわば、正当なビジネス行為だ。金が忌むべきものという感覚は、ごく当たり前の行為に対しての判断を歪ませる。違うか？」

淡々と言い返す。

今村の言っていることは、ある側面では正論だ。生きていく以上、金は必要で、金を得るには対価が必要だ。

それは労働対価であり、情報や作品への対価、人物そのものへの対価もあり得る。

一方的に何かを得られることもなければ、一方的に与え続けることもない。

割り切ってしまえば、梶原にも損のない話だからよしとなる。

しかし、瀧川はどうしても騙し打ちのような感じがして、しっくりこない。

「どうする？　おまえがやらないなら、他の者にさせる。梶原のことをよく知らない者の方が話は早いかもしれんな」

今村は多少苛立った様子を覗かせた。

「おまえは判断が遅い。いくら、理屈を並べようと、答えはイエスかノーだけだ。おまえがそうして迷っている間にも、絶好のタイミングを逃すかもしれん。おまえが何をどう悩もうと、事態は勝手に動いていく。おまえの目的はなんだ？　巨悪を滅することではないのか？　人助けをしたいなら、ここを去れ。警察官としても必要ない。おまえが躊躇している間に、被害者が増える可能性もあるからな。一時間やる。資料に目を通して、どうするか決めろ」

今村は席を立ち、小会議室から出て行った。

しんとなる。

腹立たしい。一方で、今村の言うことにも理はある。

なぜ、迷うのか。自分ではわかっている。

一時期とはいえ、心を通わせた人との関係性を壊したくない。端的に言えば、その人に嫌われたくないという思い。

一般社会で生きるのなら、相手を思い、気づかい、自分の言動を律して、熟慮するのは、むしろいいことだろう。

が、犯罪捜査では、そうした人道的感情が時に障害となる。場合によっては、敵に利用されることもある。

特に、公安部が扱う案件は、心理戦を強いられる場面が多い。ほんの一ミリの甘さが致命傷になりかねない。

とはいえ、マシンにもなりきれない。

瀧川はため息をつき、今村が残していった資料とタブレットを手元に手繰り寄せた。

これまでの瀧川からの報告以外、各所に潜入している者からの情報も精査されている。

中でも、瀧川が目を留めたのは、元西比良組の組員たちが、兵庫県内で大企業と関わりのある警備会社を設立しようとしている、という情報だった。

そこに出てくる〝富安〟という名前がどうしても目に飛び込んでくる。

梶原は富安とどのような関係にあったのか。

平社員に降格した後も関係は続いていたのか。

続いていたとすれば、どういう関わり方をしていたのか。

報告書を見るほどに、気がかりな点が湧いてくる。

もしかすると、彼らとの関係を断ち切るために会社を辞めたのでは……という憶測まで浮かんでくる。

自分が確かめるしかないか。

他の者に任せて、この件から離脱すれば、今村は事の顚末を瀧川に伝えることはないだろう。

それどころか、梶原との連絡すら認めないと思われる。

もう、自分の人生で二度と関わらない人。割り切ってしまえば済む話だが、そうできないことは今村に見切られている。

資料の束を最後までめくると、封筒があった。中を見てみる。

秋田行きのチケットとホテルのカードキーが入っていた。

封筒の裏には、こう書かれていた。

〝指示は、おまえに渡したタブレットに入れる。現地で待て〟

「また、嵌められたのか……」

つくづく、自分が嫌になる。

初めからテーブルを叩いて出て行けば、惑うこともなかった。

瀧川は大きく息を吐いた。

そして、意を決して立ち上がり、今村のいない小会議室を後にした。

6

白瀬は目を覚ました。

暗い部屋だった。

手足を動かそうとする。後ろ手に両手を縛られ、両足首も拘束されている。共に硬プラスチックの結束バンドが使われていた。

体を起こそうとすると、頭に痛みが走った。

たまらず、顔をしかめて転がる。

顔を床につける。畳部屋だ。

殴られた後、そのまま屋内のどこかに閉じ込められたようだ。

「まいったな……」

思わず、こぼす。

まさか、小野喜明の家族に襲われるとは、想像もしていなかった。

目的がわからない。

白瀬がジャーナリストではなかったと見切っているなら、喜明のノートを見せずに追い返せばよかっただけの話だ。

何者かを吐かせようとするなら、リスクのある自宅ではなく、どこかの山の中に連れ込んで拷問を加えればいい。

ただ、敵と恐れて、突発的に暴行を加えたのだろうかと考える。

しかし、それは最も中途半端な結果となり、小野一家だけでなく、日向家にも危機的な状況を作ってしまうことになる。

感覚が戻ってくると、頭に何か巻かれているのがわかった。

包帯か。

自分らで殴っておいて、丁寧に治療するあたりも、どこかちぐはぐな対応に感じる。

どのくらい倒れていたのかわからない。

白瀬が小野喜明の実家に入ったことは、監視中の作業班員には知れている。

自分が出てこないことは、すでに本部に報告が上がっているだろう。

宗弘や日向が白瀬を殺そうと思っていない限り、二、三日後には班員がここへ踏み込み、自分を解放する。

じたばた動くより、仲間の救出を待つ方が賢明だ。

白瀬は体を横に向けて楽な姿勢を取った。

気だるい体を畳に沈めつつ、ノートに記載されていたことを思い返す。

小野喜明は、神子島のアノンＧＨＤによる再開発を克明に取材し、記録していた。

それを見る限り、アノンＧＨＤが過疎化する島の再生を進めているだけのようにも思える。

大手企業が、地場産業のほとんどない島や村落に自社を誘致し、過疎地の発展を促すことは悪いことではない。

当初、喜明の論調もそのようなものだった。

だが、途中から違和感を端々に記載することが多くなっていた。

特に、喜明が気にしていたのは、工業用工具や研究用の機械の搬入についてだった。

アノンＧＨＤはあくまでも人材派遣の会社だ。工業製品を作っているわけでもなければ、薬品などの研究部門を持っているわけでもない。

アノンGHDが必要とするものは、通信インフラだけだ。

旋盤工具や万力のような器具、金型を作製するための高炉のようなものもあれば、高性能の3Dプリンターも複数台運び込まれたようだ。

確かに、人材派遣会社には必要のないものだ。

さらに、建物の外観を遠方から監視していた喜明の手書きの絵には、オフィスビルには不似合いなプラントのようなものも記されていた。

そういえば、なぜ、手書きの絵ばかりだったんだろうか……？

ふと、気になる。

遠方からの監視であれば、写真も撮れていたはずだ。手書きの絵で残すより、写真で残しておいた方が、後々確かな証拠となる。

他にも、気になる点が出てきた。

喜明ノートには、アノンGHDによる開発実態の概要は記されていたものの、誰から聞いた話だとか、個人名はほとんど出てこなかった。

取材ソースを把握しておくのもジャーナリストの責務のはずだが、名前や職業が出てくるのは島の住人のみで、アノンGHD関係者の証言としているメモに、実名が記載されているものはなかった。

「まだ、別のノートがあるのか？ それとも、細工したのか？」

口にすると、その見方が正しいように思えてきた。

誰がノートを改ざんしたのか。もしくは、喜明が身に危険を感じ、わざと分散させたのか。

目まぐるしく思考が回る。頭痛がひどくなってくるが、それでも白瀬は思考を続けた。

と、ドアが開いた。

飛び込んできた明かりに、目を細める。

何者かが入ってきて、すぐドアを閉めた。

「神永さん」

江里子の声だった。

「江里子さ──」

呼びかけようとすると、江里子はスッと近づいてきて片膝をつき、白瀬の口元を手のひらで押さえた。

「しっ。今、みんな寝ていますから」

「夜なんだね？」

小声で訊ねると、江里子がうなずくのがわかった。

「ごめんなさい。まさか、日向と父が、こんなことをするとは思わなくて……」

「君は知らなかったんだね？」

「はい。母も知りませんでした。私と母は、神永さんに兄のノートを渡して、行方を探してもらうつもりでした」

「そうですか。なぜ、日向さんとお父さんは、こんなことを？」

白瀬が訊ねる。

「兄が失踪してから、妙な人たちが入れ代わり立ち代わり、実家を訪ねてくるようになったんです。礼儀正しい人もいましたけど、中には恫喝するような人もいて。父も母も憔悴しきっていました。それを日向に相談したところ、両親が亡くなったことにして、私たちは離婚して袂を分かち、無関係を装って父と母を守ろうということになったんです」

「なるほど。よく考えられましたね」

「ただ、私も日向も仕事の関係で、遠方には行けませんでした」

「それで、近くの日向さんの家で匿うことになったんですね」

「ええ。でも、相手はそれも嗅ぎつけて、日向を脅すようになったんです。ある日、見るに見かねた父が、訪ねてきた乱暴な相手を傘で殴りつけました。日向は助けられたんですが、父にだけ心労は負わせられないと、自分も訪ねてきた怪しい人に対して暴力を振るうようになったんです。中には、おそらく、本当に兄のことを探していたジャーナリストの人もいたと思うんです。けど、余裕を失った父と日向は、どんなに証拠を示しても信じなくなってしまって……」

「そうだったんですか。いえ、ご事情はお察しします。僕もう少し、お父さんたちのお気持ちに配慮するべきでした」

白瀬は話を合わせた。

「ちょっと動かないでくださいね」

江里子は暗い中でハサミを出した。

後ろ手を拘束しているバンドの間に刃を入れ、力を込めて切る。

パチンとバンドが弾けて飛んだ。

「ケガしてないですか？」

「大丈夫です」

「すみません。明かりを点けると、父や日向に気づかれるので」

「江里子さんこそ大丈夫ですか？　私を助けたりして」

「あなたが死んだりしたら、それこそ後悔しますから」

脚のバンドも切ろうとする。

「あ、ハサミ貸していただけたら、自分でやりますから」

白瀬が言う。

江里子はハサミを渡した。白瀬は両足首を拘束していたバンドを切った。ようやく手足が自由になる。

「神永さん。これを」

江里子はハサミを受け取り、布のバッグを渡した。ずしりと重い。

「なんです？」

外から触って、訊く。

「兄のノートです。私が預かっていたものすべて、そこに入れています。そのノートを紐解いて、兄の行方を探してください。たとえ……兄が亡くなっていたとしても」

江里子が声を詰める。

「そのような記述が？」

「はい。身に危険を感じている記述があちこちに」

「なぜ、僕に渡してくれるんですか？」

「あなたは、今までここを訪れた人とは違う気がしたからです。ジャーナリストではないのかもしれないけど、悪い人でもない。そんな気がしたからです。神永さんになら、私が兄から絶対に渡すなと言われて預かったこのノートを託せると感じて」

「それはうれしいことです。必ずや、お兄さんを見つけ出しますので」

「お願いします。一つ、訊いてもいいですか？」

「なんなりと」

「もしよければ、教えていただける範囲で、神永さんのお仕事を教えていただけませんか？　悪い人ではないとわかっていても、不安ではあるので……」

「でしたら、ご心配なく。僕は当局関係者です。細かい部署は教えられませんが、悪い連中にとっての敵ですから」

白瀬の返事を聞き、暗闇の中で江里子は笑った。

と、いきなりドアが開いた。

まぶしさに目がくらむ。

「だって、お父さん」

江里子が立ち上がった。

片笑みを浮かべ、白瀬を見下ろす。ドア口には、武器を手にした宗弘と日向がいる。その後ろにいる母、葉子まで、包丁を手にしていた。

「江里子さん、これは……」

白瀬は動揺を隠せなかった。

「私たちにとって最も困る来訪者は——」

白瀬を睨む。

「当局者なのよ！」

そう言うと、江里子は足底で白瀬の顔面を蹴りつけた。

第五章 粛清

1

秋田市内で一泊した瀧川は、翌日の午前十時過ぎ、秋田新幹線で角館《かくのだて》に向かった。

梶原の家は、秋田県仙北市角館にある。

角館はかつて秋田県仙北郡にある町だったが、平成の大合併で二〇〇五年、田沢湖町、西木村と合併し、仙北市の一つの地名となった。

桧木内川《ひのきないがわ》の東、南北に延びる武家屋敷通りに藩政時代の地割りがそのまま残されており、当時のままの武家屋敷などが点在する。

角館樺細工伝承館の南東にあるしだれ桜は、「角館のシダレザクラ」として有名で、国の天然記念物に指定され、桧木内川堤防の桜並木と併せて、さくら名所100選に選ばれている。

歴史情緒漂う街並みは、〝みちのくの小京都〟と呼ばれ、東北屈指の観光地だった。

駅通りを西へ進み、突き当たった丁字路を右に曲がって北上する。

角館町横町の交差点を左に曲がり、桧木内川に架かる横町橋を渡ったところにある下川原地区に、梶原の実家がある。

しばし、橋の方を見て、立ち止まる。

気が重い。

梶原が置かれた状況を考えると、今村が提示した条件と引き換えに、梶原が知っている情報を差し出すことがベストだとはわかっている。

が、やはり、世話になった人の弱みに付け込んで騙し打ちすることに変わりはない。

瀧川はため息をついて、武家屋敷通りに足を向けた。

少し、気持ちを落ち着けたい。

武家屋敷通りの屋敷は漆喰の塀に囲まれている。木漏れ日の中、どこまでも続く漆喰塀の脇をゆっくり歩いていると、悠久の時を感じ、少し気分が軽くなる。

路地には土産物店や食事処もあるが、コロナ禍のせいか、閉じているところも多い。

が、逆に、観光客がほとんどいない分、歴史風情を堪能できる。

観光目的で来ていたなら、どんなに心地よかったのだろう。

そう思い、ため息をつく。

角館樺細工伝承館前の丁字路に来た。

緑の葉を蓄えたしだれ桜が通りに面したところに植えられている。

葉桜とはいえ、その趣たるや、感嘆するほど美しい。

「これは、すごいな……」

綾子や遙香にも見せてあげたい。

ふと、二人を思い出す。

と、自動車が瀧川の後ろで停まった。

「えっ？　あれ？」

声がして、振り向く。

軽ハイトワゴンの助手席の窓が開いている。運転席にいる男が瀧川に目を向けた。

「やっぱり、井上さんじゃないですか！」

「梶原さん！」

瀧川は目を丸くした。

車に寄り、開いた助手席の窓から顔を覗かせる。

「どうしたんですか？」

瀧川が訊く。

「いやいや、それはこっちのセリフ。いつ来たんですか？」

梶原が訊いてくる。

と、後ろの車にクラクションを鳴らされた。

「乗ってください」

梶原が言う。

「では、失礼します」

後ろの車に手を上げて見せ、助手席に乗り込む。シートベルトをすると、すぐに梶原が車を出した。

「いやあ、びっくりしました。こんなところで井上さんと会うなんて」

「僕もです。ご実家、このへんでしたっけ？」

瀧川が訊く。

「うちは桧木内川を渡った向こう側なんですけどね。母をデイケア施設に連れて行った帰りで、よくこのあたりをドライブするんですよ」

「そうでしたか」

「井上さん、こちらには何か用事でも？」

梶原が訊く。

瀧川は少し思案して言葉に詰まった。が、小さくうなずき、言った。

「梶原さんに会いに来たんです。元西比良組の富安の件で」

和やかだった車内の空気が、一瞬にして張り詰めた。

「あなたでしたか。当局者は」

梶原が言う。

瀧川は梶原を見た。フロントガラスの先を見つめる梶原の目は、会社で一度だけ見たことのある鋭いものだった。

「ゆっくり話しましょう」

武家屋敷通りをゆっくりと走っていた梶原は、急に速度を上げ、秋田県道二五〇号日三市角館線に出た。

桧木内川沿いを南下し、横町橋を渡って、川沿いを北上する。

そして、河川敷に面した小ぢんまりとした古びた一軒家の駐車スペースに車を入れた。

「降りろ」

梶原は低い声で命じ、運転席のドアを開けた。

瀧川は家の周辺に視線を巡らせた。

「心配するな。殺るつもりなら、おまえが助手席に乗った時点で手を出している」

物騒なことをこともなげに言う。

梶原の本性が覗く。

「ここにおまえの敵はいない」

梶原は車を降りた。

瀧川は周囲の気配に神経を尖らせつつ、車の外に出た。

梶原は玄関ドアを開けた。乱暴に右手を振り、入れと指示する。

瀧川は周辺を見回し、玄関口に入った。中に人の気配はない。代わりにほんのり汚物の臭いが漂ってくる。

廊下の端には清掃用具や介護用のおむつなどが転がっていた。

「すまんな、散らかっていて。母を介護しているのは本当のことだ。来訪者があるとは思ってもいなかったんでな」

「いえ、いきなり訪れたのは、僕の方ですから」

返し、廊下を上がる。

梶原は廊下を進んだ。右側の部屋は母親の介護に使っているようで、キッチンからベッドのある部屋まで仕切りのない素通しの空間となっている。

梶原は左に一つだけある部屋のドアを開けた。

「まともな部屋はここくらいだ」

促す。

瀧川は中へ入った。

ベッドと座卓、小さなタンスとファンシーケースがあるシンプルな部屋だった。座卓にはノートパソコンが置かれている。

会社での梶原の机周りとは違い、よく整理整頓されていた。

梶原は座卓の右手を差した。瀧川が座る。梶原は瀧川の対面に座った。

「コーヒーでも飲むか？」

座卓の脇にあったポットを取る。

「いえ、結構です」

「そうか。慎重だな」

カップを一つだけ座卓に置き、作り置きのコーヒーを注ぐ。

「東京じゃ、よく一緒に飲み食いしたのにな」

梶原は鼻で笑い、コーヒーを一口飲んだ。

「梶原さんが、机の奥にUSBメモリーを残しておかなければ、そのうちまた、笑いながら一杯やれたかもしれないですね」

「あれは、わざと残したんだよ。探っているヤツがいりゃあ、必ず、そいつは解析するだろうからな」

カップを置いて、やおら顔を上げる。

「で……。おまえ、何者だ？」

瀧川を睨む。

静かだが、一突きで心臓を抉るような視線。本物が持つ迫力が滲んでいた。

いつだったか、瑠美が梶原に睨まれて、怯んでいたことがある。きっと、この目を見せられたのだろうと、瀧川は思った。

瀧川は梶原に気圧されないよう、見返した。

「警視庁公安部の者です」

「マル暴じゃなくて、犬か。まいったな、こりゃ……。井上ってのも当然偽名だな」

「そうです。本名は明かしません」

「だろうな。まあいい。公安が何の用だ？」

「USBの中に、創業当時に西比良組の富安に入り込まれたという記載がありました。その件について、詳しいお話を伺いたいのですが」

「犬に話せって？」

鼻で笑う。

「タダではありません。お母様、まだ、特別養護老人ホームへの入居を果たせていませんよね」

「個人情報も関係ねえな、おまえら」

笑みを浮かべたまま、睨む。

心苦しいが、私情を飲み込み、話を続ける。

「こちらで特養の個室を用意します。明日からでも入れます。個室なので、コロナ禍でも面会は可能。最期のその時まで、かかる経費はすべて国が負担します」

「破格じゃねえか」

「もちろん、情報の質にもよりますが、手配はすでに終わっています」

瀧川が言う。

梶原がかすかにうつむいた。揺れている様を覗かせる。

「梶原さん、富安の話の前に、一つ訊いてもいいですか？」

「勝手にしろ」

「お辞めになる時、梶原さんが持っているアノンGHDの株を買い取ってもらったとおっしゃってましたね？　その金はどうしたんですか？」

「個人の金の使い道まで言わなきゃならねえのか？」

「いえ、これは単なる僕の疑問です。おそらく、何千万、ひょっとしたら一億はもらえていると試算しました。それだけあれば、特養も探せるはずなのに、なぜ、上司がこの条件を提示してきたのか、わからなくて」

「おまえ、親は？」

「両親とも他界しました」

「そりゃ、両親に感謝することだ」

梶原が言う。

瀧川は、親の死に感謝しろなど、さらりと言い切る冷酷さに腹が立った。

「介護にどのくらい金がかかるか、知ってるか?」

「いえ……」

「ネットじゃ、親がくたばるまで平均五年で五百万くらいで収まるみたいなことを書いてるがな。本当に介護やったことがあるのかと思うわ。実際はその三倍はかかる。千万単位で金が飛んでいく。しかも、親が生きりゃ生きるほど、必要経費は四倍、五倍に膨れ上がる。一方、こっちは介護にかかりきりなんで、収入はゼロ。貯蓄を切り崩すしかねえ。親がとっとと逝ってくれりゃいいが、長生きするほどに、俺がその後生きる金が削られる。再就職もできず、貯金もなくなって、老後独りになってみろ。目も当てられねえ。それでも親は親だ。殺すわけにはいかねえだろうよ」

梶原は吐き捨てるように言った。

「株を売って得た金は七千万。それは母親の介護費用プラス、俺の今後の生活資金だ。この家だって、いつ改修しなきゃならなくなるかわからねえ。田舎は車も必需品だ。病気にでもなったら、治療費に薬代、入院費も必要になるかもしれねえ。なあ、井上。それしか名前知らねえから井上って呼ぶけどよ。俺がくたばるまで、あと二十年、三十年はある。介護もいつまで続くかわからねえ。それでよ、たった七千万ぽっちで足りると思うか?」

睨みつける。

瀧川は返答に困り、目を逸らした。

「俺は長い間、人材派遣会社にいた。普通の独身の非正規労働者の生活も悲惨なものだが、家の事情で非正規でしか働けねえヤツはもっと悲惨だ。安い給料でこき使われて、いらなくなりゃ、調整で解雇。スキルも身につかず、正社員にもなれず、それでも稼がなきゃならないんで、働かせてくれるとこで働くしかなくて、しまいには体壊して終わり。生活保護がもらえるヤツはまだマシで、生きたくても生きる術をなくして死んでったヤツもごまんといる。俺の今後の人生を安泰にするには、七千万ぽっちじゃ全然足りねえんだ。おまえらみたいに税金で食ってる連中にはわかるまい」

腹に溜まった鬱憤を吐き出す。

梶原は一通り思いをぶちまけると、コーヒーをごくりと飲んで大きく息をついた。

「まあ、こっちの事情なんざ、どうでもいいわな、おまえらには。とにかく、金がいる。おまえが持ってきた条件は呑むが、信用できねえ。先に、おふくろを用意した施設とやらに入れろ」

「それはできません。梶原さんのネタ次第では、そこまで厚遇できないかもしれない」

「だったら、邪魔するな。法を犯してるわけじゃねえんだ。おまえらに何かを話す義理はねえからな」

梶原は強気に言った。

「三日待ってやる。その間に、おふくろを入所させろ。それを確認したら、おまえらの欲しい情報はくれてやる」

そう言い、瀧川を見据える。

瀧川はしかし、気圧されなかった。

うつむいて、小さく息をつく。そして、顔を上げた。その顔には笑みが滲む。

「梶原さんの条件はわかりました。手配してみます。ですが、梶原さんは一つ、大きな点を見誤ってます」

「何が言いたいんだ？」

「主導権は梶原さんにあると思っていらっしゃるようですが――」

笑みを濃くする。

「我々は国家権力ですよ」

瀧川は梶原の黒目を射貫いた。

梶原の双肩がびくっと竦む。先ほどまで強気だった黒目が泳ぐ。

「梶原さんが何を握り、どんなバックを持っているのか知りませんが、僕のバックはどの組織よりも大きいものです。本気で乗り出せば、温情などなく、あらゆる手を講じて対象から情報を引き出します」

「国が一市民を脅す気か？」

「いえ、僕は事実を伝えているだけです。僕も、その容赦ない手法で嵌め込まれたクチですから、彼らの非情なやり口は身に染みて知っています」

瀧川は言うと、ゆっくり立ち上がった。

「上に、梶原さんの要求は伝えます。ただ、それで僕が外された場合、梶原さんを守ることは一切できなくなります。公安部員は、今の僕のように単独で動いているように見えても、必ず別の部員が監視しています。不測の事態に対処するためです。僕が上に梶原さんの話を伝えた瞬間、別の部員が梶原さんに強硬な手段を取ることもあるかもしれません。そうなっても、僕にはどうすることもできないのです。その時は、ご容赦願います」

深く頭を下げ、部屋を出て、玄関に向かう。

瀧川は自己嫌悪を覚えた。

いくら、梶原のためとはいえ、国家権力まで持ち出して脅すとは……。

心根まで腐ってきているような気がして、自分に対して腹立たしさすら湧いてくる。

梶原の顔を見られず、振り返らず足早に玄関へ向かっていると、梶原が追ってきた。

「待て、井上」

瀧川の腕を握った。

「なんです？」

瀧川は深呼吸をして振り返った。

「わかった。俺が知っていることは話す。それで、おまえの上司と話をまとめてくれ」

「ご希望に添えるかはわかりませんが、よろしいですか？」

「俺の虎の子をおまえに教えてやるんだ。まとめろ」

腕を握る梶原の手に力がこもる。

「……わかりました。善処します」

瀧川は微笑み、梶原の手の甲に手のひらを添えた。

2

白瀬は再び縛られていた。

居間に連れて来られて転がされ、小野一家に囲まれている。

小野夫妻、日向、江里子、四人は冷たく白瀬を見下ろしていた。

「そろそろ、何者か、教えてくれんかなあ」

日向が白瀬の背中を蹴る。

白瀬は息を詰めて、背を逸らした。

白瀬が当局者と名乗って以降、ずっと暴行を受け続けている。

体のあちこちが痛くて、全身が痺れている。バットで殴った時のような激しい暴行ではないものの、軽い暴行も長時間続くと肉体も精神もつらくなる。

小野一家と日向が、そうした暴行に慣れているところが気になる。

一人の人間を長時間にわたっていたぶるのは、やられているほうはもちろんつらいが、やっているほうにもそれなりの体力と精神力が必要だ。

そういう場合、数の多い方が集団心理で高揚し、はずみで相手を殺してしまうことも多い。

しかし、宗弘たちは休みを取りながら交代で淡々と白瀬をいたぶり続ける。

そのやり方には、慣れや余裕を感じる。

これまでにも何度となく、こうした暴行を加えているということだろう。

まいったな……。

まさか、小野喜明の家族が、その類の人間たちだとは想像もしていなかった。

家の雨戸は閉め切っているが、古い建物だけに、ところどころから明かりが射している。

もう日中だ。

宗弘たちは、一晩中、白瀬を痛めつけていたことになる。

彼らは執拗に、白瀬が何者なのかを訊いてきた。

当局者だと名乗ったにもかかわらず、それでは満足せず、所属する警察署や部署のことを探ろうとする。

つまり、それを黙っている限り、殺されはしないということだ。

死ななければ、いずれ脱出する機会は訪れる。

さて、どうするかな……。

白瀬は痛みに耐えながら、今後のことを考えていた。

彼らは大胆にも、暴行を加える際、白瀬の猿ぐつわを嚙まさない。

多少の防音対策はしているだろうが、白瀬が全力で喚けば、近隣に声が届き、通報されることは必至。しかし、それもいとわないといった姿勢だ。

そのようなリスクを冒してでも、白瀬の正体を探る必要があるということは、彼ら家族だけの事情ではない気がする。

監視しているはずの作業班員が踏み込んでこない点も気になる。

一晩出て来なければ、なんらかのトラブルがあったと判断してもおかしくないのだが。

また、主任に嵌められたかな。

苦々しく思う。

日向の爪先が、白瀬の腹部に喰い込んだ。

内臓が歪み、たまらず呻いて腰を折る。咳き込むと床に血混じりの胃液が飛び散った。

「もういい加減に教えてくれんやろか。こっちもだるいからの」

背後に回って尻を蹴り上げる。

やはり、殺す気はないなと感じる。

日向たちは暴行を続けるものの、顔や頭部への攻撃はほとんどない。背中、尻、太腿といった、比較的致命傷とならない場所を主に攻める。

腹部も時々やられるが、背中や尻を蹴られる時のような強さはない。

そういうことか――。

白瀬は今村の意図に気づいた。

おそらく、今村は白瀬に渡していない情報の中で、小野一家が訪問者を拉致し、暴行もいとわず正体を探る輩であることを知っていたのだろう。

で、白瀬を送り込み、捕まえさせ、内部にどっぷりと入り込ませて、彼らの真意と背後を探らせる。

監視中の作業班員が入ってくるのは、本当に白瀬の命が危ないと感じた時。つまり、死地のギリギリまで助けは来ないということだ。

勘弁してほしいな、本当に……。

思わず、大きなため息が漏れた。

それを見て、日向が暴行をやめた。白瀬が観念したと思ったようだ。

仕掛けるか。

白瀬は顔を傾けて、日向を見上げた。

「もう……やめてくれ……」

弱々しい声で懇願する。

「おまえの勤務先と部署を教えろ」

「なぜ、そんなことが知りたいんだよ。警察関係者で十分じゃないか」

泣き声交じりに言う。

と、江里子が顔の横に屈んだ。白瀬の髪の毛をつかむ。

「あんたの鞄や服の中を調べても、身分証は出てこんやない。ホンマに警察やったら、身分証くらいは持っとるもんじゃないん?」

髪を引っ張り、頭を揺らす。

「状況によっては、持ってないこともあるんだよ」

「その関東弁やめんかい。気色悪い」

顔を押し付ける際に、こめかみに拳骨を入れる。これまた慣れた殴り方だ。

と、ずっとローチェアに座って、白瀬への暴行を見ていた葉子が口を開いた。

「そうか。あんた警視庁のもんやな。警察手帳持ってないっちゅうことは、公安か」

「おお、そうかもしれんな」

脇に立っていた宗弘が腕を組んでうなずく。

こいつら、活動家か?

白瀬は思った。

警察の身分証明証を持っていないだけで公安だと気づく。しかも、葉子は警察手帳と言った。手帳が身分証に替わって久しい。
葉子と宗弘は七十代。学生運動に関わっていたとしてもおかしくはない。
であれば——。
白瀬は体を揺すった。膝を曲げて勢いをつけ、起き上がる。
日向と江里子は驚いて、少し距離を置いた。
白瀬は両膝を少し開いて座った。うつむいて大きく息をつくと、やおら顔を上げた。
葉子を見やる。
「さすがだねえ。そこで気づかれるとは思っていなかった」
ふてぶてしい口調に変えた。
「やはり、公安が動いてたんやね」
葉子は宗弘を見上げた。
宗弘が腕組みをして、白瀬を見下ろす。
「おまえ、作業だな?」
やはりか。
白瀬は胸の内で首肯した。
公安部を〝作業〟と呼ぶのは、公安関係者か活動家くらいだ。
少なくとも、小野一家は白瀬たちの仲間ではない。

「作業なんて言葉知ってるってことは、活動家だな？　それも、あんたの歳からして、学生運動に傾倒したクチか」

白瀬は片笑みを滲ませる。

「いつまで学生気分でこんなことしてんだよ。あんたらみたいなのがいつまでもはびこってるから、俺たちの仕事がなくならねえんだ。老害の極みだぜ、まったく」

「なんだと！　権力の犬が！」

日向が怒鳴った。

「おや、ここにもくだらねえ活動家がいるのか？　若いのにご苦労さんだな。おまえ、いい死に目に遭わねえぞ」

嘲笑する。

日向は腰を屈めて、白瀬の右頬を殴った。白瀬の体がぐらつく。が、白瀬は踏ん張って、上体を保った。

口の中の血を吐き出し、日向を見上げる。

「挑発されりゃ、キレて殴る。なんだ、それ？　おまえら、何がしてえんだよ。主義主張にそぐわない連中はみな敵。なんなら、殺しても構わねえ。そんなんでさ、国民が守れると思ってんのか？　ご近所さんに訊いてみろ。おまえらなんざ、ただのイカれた奴としか思われてねえぞ？」

「なんだと、こら！　僕たちはいずれ、おまえらのような犬を粛清して、この国の体制を——」

「日向君！」

宗弘が止めた。

日向はハッとして、言葉を飲み込んだ。

「相手を怒らせて、言質を取ろうとする。変わらんな、チヨダのやり方は」

チヨダというのも公安を指す隠語だ。

「おまえら、本当に小野喜明の家族か？」

白瀬が言う。

「喜明はうちの子だ。縁は切ったがな」

「切られたんじゃねえの？　こんなおかしな親の息子だなんて見られるのはこっぱずかしいもんなあ」

白瀬は笑った。

宗弘以外の三人は気色ばんだ。殺気が白瀬にまとわりつく。

「落ち着け。こいつらの手だ」

宗弘が言う。

すっと気配が引く。

小野家は、宗弘を頭に統制が取れていた。

「喜明はどこだ？」

白瀬が訊く。

四人は押し黙った。じっと白瀬を見据えている。

白瀬は目を見開いた。

「おまえら、まさか……。身内を手にかけたのか？」

「大義のために、小異を捨てることはあるだろう？　おまえたちにも」

宗弘が言った。抑揚のない冷たい響きだった。両眼も据わっている。

白瀬の顔が引きつった。

こりゃ、危ねえ……。

単なる活動家なら、なんとでも翻弄できる。所詮、素人だ。

が、自分たちの目的のために、我が息子まで殺したとなると、話は別だ。

理念のために人道を踏み外す輩ほど、厄介な者はいない。

「おまえら、思想家でもなんでもねえ。ただのケダモノだな」

「なんとでも言え。そもそも、私らにそこまでの粛清をさせるほど国家を荒廃させたのは、形だけの民主主義を根付かせ、市民を奴隷化し、富を吸い上げてきたブルジョワだ。息子は資本家の犠牲になったのだ」

「本気で言ってるのか？」

「本気も嘘もない。事実を口にしているだけだ。おまえのように、権力者に洗脳された犬には理解できんだろうがな」

宗弘が言う。

毎度毎度、過激な活動家が口にする理屈を、宗弘も滔々とのたまう。

正直、聞き飽きた。

思想信条に生きるのは勝手だが、暴力を行使してまで主義主張を通そうとするのは、異常者以外の何ものでもない。

なのに、こうした過激な活動家は、それを是とする。罪の意識が欠片もない。

ぶち殺してやりたいな、マジで――。

腹立たしさが湧いてきた時、ふと疑問がよぎった。

白瀬はその疑問を口に出した。

「喜明が調べていたのは、アノンGHD。アノンGHDの武永といえば、資本家の典型みたいな人物だろ。その疑獄を暴こうとしていた喜明を、なぜ殺す必要がある？」

「おまえはやはり、何もわかっていないな。見えないものを見る目を持たない者は常に利用され、搾取される。それも仕方のないことだがね」

宗弘は冷たく微笑む。

「無駄話はこのへんにしておこう。こいつが作業とわかったからには、ここで何かを聞き出すのは難しいだろう」

「粛清しますか？」

日向が訊く。

まずい。白瀬は身を強ばらせた。

「いや、監視が周りにいるはずだ。ここでの処分は適当でない。運び出して、別の場所で尋問と粛清を行なう。算段を整えるまで、見張ってろ」

宗弘は言うと、白瀬に近づいて腰を折り、顔を寄せた。

「一つだけ、はっきりさせておく。私は我が息子を殺してはいない」

「誰かに殺させたということか？」

「おまえが知る必要はないことだ」

宗弘はリビングを出た。

三人が白瀬を取り囲む。

白瀬は鋭い視線を感じながら、どうやって逃げるかだけを考えた。

3

藪野は神戸市の新開地に来ていた。

公安部が用意していたホテルに荷物を置き、富安の居住地とされたマンションに出向いた。

築年数が経っている古びたマンションだろうと想像していたが、実際はまるで違っていた。

ほぼ新築の五階建てマンションで、地下に駐車場も備えている。

ドアはオートロックで、ガラス戸の向こうに覗くエントランスも広い。ちょっとした高級な風情漂う瀟洒なマンションだった。

藪野は建物を確認して、いったんホテルに戻った。

今村に連絡を入れた。

本当に富安たちが居住しているマンションなのか、疑わしい。

再度確認するよう、要請した。

が、今村は、間違いないの一点張りで、接触してこいと命ずる。

言い合っていても埒が明かない。

藪野は仕方なく、翌日の午前中、マンションを訪れた。

富安の住居とされているのは、このマンションの五階、505号室だった。

オートロックのため、令状を持って管理会社に打診しない限り、住人を呼び出し、開けさせるしかない。

いきなり、マンション内へ押し入る方が簡単でいいが、仕込みに数日かかる。あまり時間をかけていると、嵐龍一家が動きだすかもしれない。それはそれで面倒が増える。

藪野はインターホンの前に立ち、大きく息をついた。

テンキーで505と入力し、コールボタンを押す。しばらく鳴って、ようやく相手が出た。

——どちらさんですか？

富安の声だった。

「田所だ」

答える。

富安は押し黙った。

「開けろ。話がある。今、ここで拒否すれば、表に出た途端、ガラを持ってくぞ」

強く出る。

しばし間があり、スピーカーから返事があった。

——どうぞ。

カチャッとロックの外れる音がした。

藪野は周りを見回し、中へ入った。

ドアがゆっくりと閉まる。エレベーターホールまで歩いていく。

と、陰から一人、二人と男が現われた。藪野を囲むように間を詰めてくる。

エレベーターの前に立つ頃には、五人の男たちに背後を囲まれていた。

「なんだ、てめえら」

少しだけ首を傾け、肩越しに凄む。

その中に、京都で顔を合わせたことのある若い男の顔もあった。

振り向こうとする。

と、男たちが一斉に間合いを詰めた。三人の男の手には短刀が握られていた。切っ先が三方から腹を狙う。

「刺してみろ、チンピラが」

藪野は眉を吊り上げ、さらに強気に出た。

退けばやられる。

顔を見知った若い男が言った。

「田所さん、あまり挑発せんでください。ここじゃ、あんたの肩書も意味ないですから」

「どういうことだ?」

「この建物におる者みな、俺らの仲間やから」

若い男が片笑みを浮かべる。

藪野の全身に寒気が走り、強ばった。

エレベーターが開く。

「乗ってください」

若い男が促す。

藪野はまっすぐ奥へ入った。

「そのままで」

そう言い、若い男や他の男たちも入ってくる。

藪野は壁を見つめたまま、男たちに背を向けた。エレベーターのドアが閉まり、上がっていく。無言のエレベーター内は殺気に満ちている。

五階に着いてドアが開き、少し涼しい空気が入ってきただけで、藪野はホッとした。

若い男に腰のベルトをつかまれる。

ぞろぞろと男たちが降りた後、背を向けたまま後ろ歩きでエレベーターから出された。

振り向く。

富安が立っていた。

「よう、こんなとこまでおいでで、ご苦労さんです」

言って、笑う。

「何の真似だ、これは?」

男たちを見回した。

「予行演習みたいなもんですわ。不審者が入ってきた時の」

富安は言い、若い男を見てうなずく。

若い男は手を離した。

藪野は服を整え、富安を睨んだ。

「まあまあ、そないに怒らんといてください。大事な時期なんで、若いもんもピリピリしとるんですわ。どうぞ、こちらへ」

富安が歩きだす。

藪野は男たちをひと睨みし、富安の後についた。

505号室のドアを開ける。

「どうぞ」

富安が促した。

藪野は玄関を覗き込んだ。

「なんも仕込んでませんて。どうぞ」

富安は笑った。

中へ入り、三和土で靴を脱いで上がる。奥へ進むと、小料理屋の女将がいた。

「ご無沙汰しとります」

「あんたもここにいたのか」

「ええ。うちの人が一緒に来い言うもんで」

少しはにかみ、藪野の背後にいる富安に目を向ける。

「コーヒー淹れてくれるか」

富安が言う。

女将は首肯し、楚々とキッチンへ入った。

富安はリビングを横切り、奥のドアを開いた。

「こちらへ」

促す。

藪野が中を覗く。応接セットが置かれた広い部屋だった。壁に絵画が飾られているだけで、他に余計なものはなく、やや殺風景なレイアウトだった。

その応接セットの一人掛けソファーに、眼鏡をかけた白髪の紳士がいた。落ち着いた濃いグレーのスーツに身を包んだ男だが、藪野はその男を見て目を見開いた。

「あなたは――」

「あんたが田所はんか。安西です。よろしゅうに」

元西比良組の組長、安西春一だった。

ドア口で突っ立っていると、富安が背中に手を添えた。

「まあ、どうぞ」

そっと押す。

藪野は安西の対面に腰かけた。思わぬ遭遇に身が硬くなり、縮こまる。

「そう硬くならんと。取って食うたりしませんのでね」

安西が目を細めた。

見た目は穏やかな壮年紳士に見える。が、まとった雰囲気には有無を言わせぬ威圧感がある。嵐龍一家の藤堂が動の迫力なら、安西は静の威圧感を漂わせる男だった。

女将がコーヒーを三つトレーに載せて入ってきた。

安西の横に富安が座る。女将はそれぞれの前にコーヒーを置いた。

「ちょっと話があるんで、おまえはよその部屋に行っといてくれ」

「じゃあ、お買い物に行ってくるわ。いろいろ揃えたいもんもあるから」

「おお、そうせえ」

富安が言うと、女将は一礼して部屋を出た。

別室のドアが開閉する音がし、まもなく玄関のドアが開く音がした。静かに締まり、カチャッとロックがかかる。

「まあ、田所はん。一服しとくんなはれ」

安西が言う。

「いただきます」

藪野は少し背を丸め、コーヒーを啜った。

安西と富安もコーヒーを一口飲み、ソーサーにカップを置く。

「さて、田所はん。よう、ここがわかりましたな。誰に訊かはったんです？」

安西が訊いた。

藪野は言い淀んだ。ここで藤堂の名前を出していいものかどうか……。

富安だけなら、藤堂の名前を出して脅すこともできた。が、安西がいるとなると、話は別だ。

藤堂の回し者と烙印を押された瞬間、命を落としかねない。

思考がまとまらず黙っていると、安西が微笑んだ。

「まあ、よろしい。誰から聞いたにせよ、こうしてわしらの場所が特定されてしもうたのは事実や。今さら逃げ隠れしたところで、どないもならしませんよってな。よろしいわ。ところで、田所はん。一つ訊きたいことがおますんやけど」

「なんでしょうか？」

藪野は身構えた。

「あんた、ほんまにマル暴か？」

ストレートに訊いてきた。

藪野の指がびくっと跳ねる。

「ある筋に調べさせたんやが、警視庁のマル暴さんに田所っちゅうのはおらん。ほんまは誰や？」

安西が笑みを濃くした。が、目の奥からは突き刺すような鋭い気配が湧いてきた。

「ほんまに警察か？　警察やったら、あんた、マル暴やあれへんな。マル暴以外で、わしらに接触してくるのは――」

笑みがふっと消える。

「公安や」

ドアの向こうで複数の足音がした。

藪野の肝が縮んだ。

「あんたがわしに会いたい言うて来たと富安に聞いて、あらゆるルートであんたのことを調べさせてもろた。銃器や金融関係でわしらを調べとる部署はなかった。もちろん、組対四課も。あと考えられるのは、公安だけや。調べがつかんとこから見ても、公安以外に考えられへん。どや？」

安西は穏やかな口調ながら、藪野を追い込んでくる。

藪野も、自分の身元は調べられているだろうとは予測していた。だから、四課の田所の身分固めを今村に依頼した。

公安の仕込みは、ほぼ完ぺきだ。そこいらの玄人でも騙せる。

が、安西は騙せていない。

どこで綻んだのか、もしくは、安西のバックにいる者が内部に通じているのか。

内通者がいるとすれば、ごまかそうとするほど墓穴を掘ることになる。

とはいえ、まだ藪野が公安部員であることを安西がはっきりつかんでいない状況なら、ここで認めることは自白することに等しい。

藪野はめずらしく混乱した。

と、富安が話に入ってきた。

「田所さん。わしら、別にあんたが公安やからといって、始末しようなんて考えてませんのや。公安を敵に回しても、ええことおまへんのでね。ただ、田所さんが公安なら、ええ話がおまんねや」

「いい話？　なんだ？」

「それは、田所さんが公安やったらの話です。どないでんねん」

富安と安西の両視線が、藪野に迫る。

藪野は顔をうつむけ、目を閉じた。

思考をフル回転させる。だが、まとまらず散らかるばかりだ。

こういう時は、懐に飛び込むしか活路はない。

経験が囁く。

藪野は太腿に置いた手を握り締め、大きく息を吐いて、やおら顔を上げた。

「いかにも、警視庁公安部の者だ。名前は明かせない。身分証も持っていない」

「作業か？」

安西が言う。

「そうです」

藪野は答えた。

「潜入専門か。そら、わしらじゃ、調べがつかんはずやわ。のお、富安」

「そうでんな」

富安が笑みを滲ませ、話を続けた。

「ほなら、田所さんと呼ばせてもらいます。田所さん、わしらの何を調べとったんです？」

「おまえらが新しい組織を起ち上げようとしているという情報が入ったのは本当だ。その組織がどういうものか、実態を調べるのが俺の役目だ」

「それだけですか？」

「田所はん。作業やったら、アノンＧＨＤのこと調べとったんちゃいますか？」

唐突に安西が言った。

返せず、言葉に詰まる。

「やはり、そうですか」

「なぜ、そのことを？」

藪野は思わず訊いた。

「それなりの情報網があるんですわ、うちには。で、田所はんの見立て通り、わしら、アノンと絡んでます」

安西の言葉に、藪野は目を見開いた。

「わしらが起ち上げとる組織は、警備会社です。主に、神子島にできるアノンＧＨＤの本社警備にあたる予定です」

「それを、俺に話しても大丈夫なんですか？」

「別に、悪いことをしとるわけやおまへんからね。西比良を解散して、多くの子供らが路頭に迷った」

安西の言う〝子供〟とは、組員のことだ。

「子供らを放っといたら、えらいことになりますやろ。わしっちゅう抑えがのうなったら、跳ねるヤツも出てくるし、山盛にぶっこむヤツも出かねん。そこで、会社を作って、子供らを雇ったろうと考えたわけですわ」

「それで警備会社を？」

「そうです。京都に富安を残しとったんは、会社が形になるまで、うちの子供らが跳ねんよう、見張らせとったたんですわ」

「そうだったんですか」

　藪野はうなずく。

　安西の話を額面通りに受け取ることはできないが、一応、理屈は合っている。

「アノンGHDとどうやって繋がったんですか？」

「知り合いを通じて、アノンGHDの会長、武永さんと会う機会がありましてな。そういうことならぜひ協力したいと言ってもらえまして。資金提供やら設立準備を手伝ってもろうて、本社警備の仕事も回してもらいましてな。元ヤクザに冷たい世間の中、ありがたい話でしたわ。ただ、言うても、わしも裏稼業では名の知れた男なんでね。組織を作るとなると、田所はんみたいに、西比良を復活させる気かと勘繰る者もおる。そこで、じっくり時間をかけて準備し、アノンGHDの本社移転に合わせて、開業しようと思うとったわけです」

「新会社の代表は安西さんですか？」

「そうです。わしの名前がないと、子供らは言うこと聞かんのでね。しかし、あまり表に出張ると、あらぬ噂が立って潰されますんでな。うちとは定款には関係のない名前も連ねとります。実質、実務を仕切るのは富安です」

　安西が富安を一瞥する。

「そこででんな、田所さん」

富安が少し前に出て、身を乗り出す。

「田所さんも、うちに一枚噛んでみんですか」

「どういうことだ？」

「顧問になってもらえませんか？」

富安がまっすぐ藪野を見る。

「俺に中に入れというのか？」

藪野が目を丸くする。

「もちろん、名前は表に出しません。ただ、うちとしては、いらんこと詮索されて、せっかくまっとうに生きられる場所を作ったのに潰されるのはかなわんのですわ。なもんで、トラブルの元にはいち早く対処しときたいと思いまして」

「つまり、俺に警察内部のスパイをしろということか？」

「スパイという言い方はともかく、わしらに情報を提供してもらえればと」

富安が含み笑いを覗かせる。

安西が話を補足する。

「まあ、うちとしては、今の話を持って帰ってもらうだけでええんですがね。それやと、また、そんなはずあるかいって駆り出されて、田所はんも面倒ですやろ。どうせ、行ったり来たりさせられるなら、将来のために蓄財してはいかがですかな？　退職された後、うちに来てもらっても結構ですし」

甘言で誘う。

警察の情報を欲しがる理由は、単に元暴力団だからというだけではないだろう。本当にまっとうな会社なら、現役の捜査員を取り込もうとはしない。

潜るしかねえか……。

「少し考えさせてもらってもいいですか？」

「神子島のアノンＧＨＤ本社移転が終わるのが三日後。それに合わせて、うちも開業します。それまでに返事をいただけるとありがたい」

安西が念を押した。

「明日には返事させてもらいます」

藪野は一礼して立ち上がった。

4

「それで全部ですか？」

瀧川は梶原に訊いた。

「全部話した。包み隠さずだ」

梶原が言い切る。

瀧川は梶原をじっと見据えた。まだ何かを隠しているようには思えない。

自室に再び瀧川を招き入れた梶原は、自分の置かれた状況を赤裸々に語った。

総務部で対外交渉を担当していた梶原が、当時の西比良組に取り込まれる過程は、USBメモリー内にあった顚末通りだった。

一サラリーマンとして、西日本最大の暴力団と向き合うには、富安の申し出を受ける他なかったのだろう。その苦悩は痛いほど理解できる。

富安と手を組んだ梶原は、総会屋や仕手筋、クレーマーなどの処理のほとんどを西比良組に頼んだ。

自分で対処することもできたが、どうせ付け込まれるなら、とことん利用してやろうと気持ちを切り替えた。

そのうち、梶原自身がヤバい筋の人間だという噂が出回るようになった。

富安は、梶原が仕事をしやすいよう、噂を流していたのだ。

警察にも身元を探られた。しかし、梶原自身がどっぷり裏社会に染まっていたわけではなく、西比良組との関係をはっきりと証明できるものもなかったので、噂だけが広まるという最高の展開となった。

虎の威を借りた梶原は、総務では一目置かれる存在となった。

中には、インテリを気取った半グレのクレーマーもいたが、その際は、自分を西比良組の幹部だと思い込み、凄んだ。

退かない相手は、富安にコンタクトを取り、痛めつけてもらった。

正直、嫌な気分はしなかった。むしろ、爽快だった。

小さい頃から、愚図だとかトロいとからかわれ、同級生のオモチャにされていた。学校の先生や周りの大人にも味方はなく、地味で卑屈な人生を送ってきた。

本はよく読んだ。勉強もした。おかげで、そこそこの大学には入れたものの、飛び抜けてできたわけでもなく、小さな人材派遣会社に就職することとなった。

そこでも仕事の覚えが悪く、冷遇されていた。

正直、すべての仕事をやめて実家に戻り、ひきこもりたかった。

だが、社会人となって一年も経たない頃、父が病死し、ショックからか、母に若年性認知症の症状が現われ始めた。

梶原は家のために働くことを強いられた。

悶々とした日々を過ごしていた梶原に、最初の光をくれたのは、前田だった。

前田は梶原が勤めていた派遣会社に出入りしていたシステム会社の人間だった。

梶原がひどい扱いを受けているのも知っていて、武永たちが人材派遣会社を起ち上げるそうなので落ちついたら来ないかと誘われた。

二十五年近く生きてきて、誰かに必要とされたのは初めてだった。まして、引き抜きに合うなど、想像したこともなかった。

梶原は、自分の人生を取り戻すべく、前田の誘いに応じた。

だが、梶原のスキルは、前田らに比べ、明らかに劣っていた。

適所が見当たらなかった梶原は、総務を任された。

しかし、総務の中でも、社内イベントや株主総会の企画運営などはできず、広報も不得手。

社員が増えていくほどに、気がつけば備品管理や郵便物の整理といった閑職に追いやられ、しまいには誰もやりたがらない、トラブル対応を押し付けられた。

新しく入ってきた者の中には、あからさまに梶原を小馬鹿にする者もいた。

だが、富安と手を組んだ途端、社内で梶原に文句を言ったり、蔑んだりする者はいなくなった。

陰口を叩いていた者は呼び出して、凄んだ。相手はおもしろいように頭を下げた。

冴えなかった人生で、はじめて存在を知らしめた瞬間だった。

梶原はトラブル処理能力が評価され、創設メンバーだったこともあり、取締役に名を連ねるまでに昇りつめた。

だが、その栄華も長くは続かなかった。

梶原と富安の付き合いが問題視され、三年目に取締役会に懸案事項として諮られた。社員の誰かがリークしたようだった。

梶原は退職を迫られた。

ここまではUSBにあった通りだ。

ここからが、梶原の新証言だった。

派遣登録者管理の末席に追いやられた梶原に声をかけてきたのは、前田だった。

前田は自分を捜査機関の者だと名乗った。

そして、前田は以前から、武永と西比良組の安西との関係を調べていたという。その調査に協力してほしいと頼まれた。

にわかに信じがたい話だった。

協力の条件は、アノンGHDの社員としての立場の保障と、退職金代わりの自社株枚数を積み増すというものだった。

梶原としては、介護費用と生活費を稼ぐため、社員の立場は死守したかった。

背に腹は代えられない。

梶原は条件を呑み、前田に協力する見返りに会社に居残った。

前田は梶原に、富安との関係は切らず、安西と接触するよう命じた。

派遣登録者管理の末席で仕事をさせつつ、裏では処分前と同じように富安らと結託して、様々なトラブルの処理にあたらせた。

しかし、またしても、梶原の立場を脅かしかねない出来事が起こる。

西比良組の解散だ。

懇意にしていた梶原も聞かされていなかった。まさに青天の霹靂だ。

しかも、梶原が西比良組と親密だったことは、裏社会の一部にも知られている。西比良の残党と共に自分も追われる立場となる。

どう立ち回ればいいのかわからず、混乱していた時、梶原は武永と前田に呼ばれた。ある料亭に連れて行かれる。そこで待っていたのは、安西と富安だった。

そこでの話し合いに、梶原は驚かされた。

西比良組の解散は、意図的に行なわれたものだった。

表向き、権力争いに敗れ、解散したことにすれば、西比良組が裏社会に復帰する芽は完全にないとのメッセージとなる。

それを知らしめたうえで、警備会社という表の企業を設立し、そこに西比良組組員を呼び戻し、合法的な組織に作り替える。

そこで枷《かせ》を外した後、合法的に敵を排除する専門機関を作る。

それが、武永と安西の構想だった。

梶原は、新会社が設立された時には取締役として名を連ね、アノンＧＨＤとの橋渡しをする役目を打診された。

もちろん、引き受けた。

気がかりなのは、前田のことだった。

前田は捜査員で、武永と安西の関係を調べていると言っていた。この件で、武永と安西が何を企んでいるか、その一端はつかめた。

前田がどう動くか。場合によっては、前田を武永たちに売った方が、生き残る術を得られるのか。

思案に暮れている最中、武永がさらに動いた。

神子島への本社移転を決めたのだ。

そこで、前田から指示があった。

これ以上は危険なので、移転を機に会社を離れるように。安西が設立する警備会社への参加もしないよう、釘を刺された。

持ち上げられたり、はしごを外されたり。梶原は正直疲れ、アノンＧＨＤから身を退くことにした。

が、警備会社の取締役就任は受けるつもりでいた。

瀧川に話したように、介護費用も自身の老後資金も心許ないからだ。

前田を出し抜いて、もうひと稼ぎしよう——。

そう思っていたところに、瀧川が現われた。

瀧川が秋田にまで来て公安関係者だと知って、梶原はすべてを観念した。

「まったく、どこまでツイてねえのかな、俺ってやつは……」

梶原は肩を落として自嘲した。

「散々、誰かに振り回された挙句、ゴミのように放られて。なんなんだろうな、俺って人間は」

やるせなさが全身に滲む。

「二、三、質問していいですか？」

「なんでも訊け」

言葉尻が投げやりだ。

瀧川は湧いてくる同情心を飲み込んだ。

「前田常務はどこのどんな部署にいるのか、わかりませんか？」

「わからん。お前は前田と繋がっていないのか。俺も気になって、ちょこちょこ探りを入れたんだが、ヒントも出さなかった」

梶原が言う。

前田は瀧川をアノンＧＨＤに引き入れた協力者だと聞いている。だが、梶原の話が本当なら、長期潜入の公安部員だという可能性が高い。

「安西が作った警備会社は、単に神子島本社の警備をするためだけに設置されるんですか？」

「さあな。俺はそれ以上のことは聞かされてねえ。そっちはあまり詮索するとヤバいんでな。俺も詳しいことは聞けなかったよ」

「そんな会社の取締役になろうとしてたんですか？」

「肩書きがありゃいいんだよ。それだけで金は入ってくる。その予定もパーになっちまったがな。こんなことなら、連中が何をするか探っときゃよかったよ。おまえがその情報を金にしてくれたもんな」

皮肉を込めて、瀧川を見つめる。

嫌味の一つも言いたくなるだろうと思い、瀧川は流した。

気になることがあった。

前田がこちら側の人間だとすると、藪野が探っている安西と元西比良組の面々が何を企んでいるのか、公安部には情報が入っているはず。

わざわざ、藪野が安西を追う必要もなかった。

しかし、今村は藪野に安西を追わせた。

それは、前田から情報が入っていないということか、もしくは、わかっていてなんらかの目的をもって、今村が揺さぶりをかけているのか——。

前田が何者か、何の目的で潜入しているのか。ハッキリさせる必要があるな。

「梶原さん、乗り掛かった舟と思って、僕に協力してくれませんか？」

「おまえまで、俺を利用するのか……」

軽蔑の眼差しを向ける。

胸が痛い。が、心を鬼にした。

「前田常務が何者か、知りたいんです。それがわかれば、いろんな疑問がクリアになる気がします。協力してくれると約束していただければ、明日にでもお母さんの特養入りは手配します」

「飴と鞭か。そんな連中ばかりだな、俺の周りは」

大きくため息をつくと、グンと背筋を伸ばした。

「わかった。協力しようじゃねえか。明日の朝イチでおふくろを特養に入れろ。それを確認したら、おまえの言う通りに動いてやる」

「ありがとうございます。すぐに手配してきます」

瀧川は頭を下げ、立ち上がった。

第六章 神島陥落

1

瀧川は今村を説得し、翌日の午前中、梶原の母を特別養護老人ホームに入所させた。

梶原に提示した通り、個室で、コロナ禍でも面会できる部屋だった。

母の入所を確認した梶原は、瀧川と共にいったん自宅へ戻った。

「すまんな。約束通り、入れてもらって。飲むか？」

作り置きのコーヒーのポットを掲げる。

「いただきます」

瀧川は言った。

梶原はカップを二つ出し、テーブルに置いた。それぞれにコーヒーを注ぐ。

梶原が一つのカップを差し出す。

「僕はこっちで」

瀧川は梶原側のカップを取った。

「まだ、信用なしか」

梶原は瀧川側に置いたコップを取って、苦笑する。

「万が一があってはいけませんから。すみません」

「まあ、いいよ。母親の件は守ってくれたからな。さて、どうする?」

梶原が瀧川を見据えた。

「前田常務に連絡してください。僕の正体について、至急、話したい事があると」

「そんなので、乗ってくるか?」

「おまえの正体がバレそうだと言ってみてください。必ず、コンタクトを取ろうとするはずですから。僕の方に連絡があれば、そのまま単独で前田常務に接触します。梶原さんに話を聞きたいと言われた時は、従ってください」

「一人で前田と会えと言うのか?」

「僕を連れてこいと言わない限り。僕がバックアップします」

「俺を人身御供にするつもりか?」

瀧川を睨んだ。

「何かあれば必ず、助けます」

「信じられんが、従わざるを得んな」

梶原はスマートフォンを取った。前田の番号を表示し、コールする。

すぐに前田が電話に出た。

「梶原だ――」

梶原は重い声で名乗ると、瀧川が指示した通りのことを話した。

少し間があって、梶原が前田の話を聞きながら返事をした。

「――ああ、わかった。明日には行くよ」

そう言い、電話を切る。

梶原は大きく息をついて、コーヒーを一口飲んだ。

「どうでした？」

「神子島におまえを連れてこいと」

「神子島に？　東京ではなくて？」

「三日後に、神子島本社がオープンする。それで、前田も神子島入りしなければならんそうだ」

「わかりました。すぐに行きましょう」

「明日でいいんだぞ」

「先に入って、様子を確認しましょう。梶原さんも、神子島本社には行ったことがないでしょう？」

「ない」

「であれば、少しでも現場を把握しておく方がいい。万が一があるかもしれませんから」

「万が一って。前田が俺たちに手を出すと言うのか?」

「敵なら、その可能性もあります」

　瀧川が言う。

「おいおい……。前田は捜査員と言ったんだぞ。部署は知らんが、おまえらの仲間だろう。仲間まで疑うのか、おまえらは?」

　梶原は呆れて顔を横に振る。

　梶原の言葉は胸に突き刺さる。しかし、相手が誰であろうと先入観を捨て、簡単に信用しないこと。それが、作業班員が生還するための大事な心得でもある。前田が長期潜入の果てに武永と安西に取り込まれている可能性もある。

「疲れる仕事だな、公安ってのは」

「本当に疲れます」

　瀧川は苦笑した。

　コーヒーを飲んで、立ち上がる。

「僕はホテルに戻って、航空券と神子島への渡航経路を手配します。二時間後、秋田空港で会いましょう」

「わかった」

「一応、うちの監視は付けておきます」

「ここまで来て、逃げやしない」

「いえ。前田常務が手を打ってきた時の用心です。もし、公安部に保護された場合は、素直に従ってください。振り切ってもいいことありませんから」

「……わかったよ」

梶原は渋々うなずいた。

瀧川はうなずき返し、梶原の家を出た。

2

藪野は、今村に話を通し、翌日には安西たちへの協力を受諾した。

それを受けて、安西、富安と共に神子島入りしていた。

安西が、主戦場となる神子島を案内したいと言い出したからだ。

安西のチャーター船が港に着くと、黒塗りのリムジンが出迎えた。

港近くに立つ家並みと、黒塗りのリムジンのコントラストは異様な違和感があった。

本当にこんなところにアノンＧＨＤの本社があるのか？

疑いたくなるほどのミスマッチだったが、海岸沿いの道路は整備され、そこから緩やかに山へと上がっていくと、港付近とは違う景色が現われた。

広大な敷地は都市の公園のように道や木々が整備され、通り沿いにはコンビニやレストラン、娯楽施設も並んでいる。

郊外の大型商業施設のようだ。

その奥、低い山の頂上付近に、ひときわ大きい、ガラス張りのビルがあった。

歩いている人々も、港近くとは違い、ラフで小ぎれいな格好をしている者やスーツに身を包んでいる者ばかり。山の上と海沿いでは別世界だった。

ゲートを潜って、ロータリーを回り、玄関で車が停まる。

武永が迎えに出ていた。脇には黒いスーツのがっしりとした男が立っている。

運転手がドアを開ける。富安、藪野が先に降り、最後に安西が降りる。

「どうも、安西さん。ご足労いただき、申し訳ない」

「いやいや、私もオープン目前の本社は見ておきたかったのでね。ちょうどいい機会でした」

安西は微笑み、武永と並んで中へ入っていく。富安と藪野が、武永の秘書と思われる男について、後に続く。

ロビーは吹き抜けになっていて、ガラスの壁から降り注ぐ陽光に照らされている。カフェテリアや打ち合わせブースもあり、ますます港周りとの違和感が増す。

「港湾の開発はどうなっているんです？」

安西が訊いた。

「オープン後、徐々に整えるつもりです。なかなか動かない住民もいますのでね。また、安西さんには世話になるかと」

武永が安西を見て微笑む。その顔は、安西に見劣りしないほど腹黒さをにじませたものだった。

「少し、今後の打ち合わせをしたいのですが」

武永が安西に言う。

「ああ、そうですか。富安、田所さんを案内して差し上げろ」

安西が富安を見た。

「富安さんはまだ、館内をよく知らんでしょう。うちの者に案内させます。有田《ありた》君、よろしく」

武永がスーツの男に言った。

「承知しました」

有田が頭を下げる。

武永は安西を伴って、エレベーターホールへ向かった。

有田と富安が頭を下げる。藪野も倣った。

少し間を置いて、有田が声をかけた。

「私は社長秘書室の有田です。富安さんと田所さんがおいでになることは伺っていまして、社長からしっかり案内するよう、申しつけられております。こちらへどうぞ」

有田は言い、二人を案内し始めた。

「すごいビルだな」

藪野は歩きながら、頭上を見上げた。

「地上十五階、地下二階建てのビルとなっています。社員用のオフィスを中心に、役員室、大会議室、レセプション用のホールも完備しておりまして、データサーバーも三フロア使って整備しております。さらにサーバーを増やせるよう、二フロアは空けております」

「ここの警備は大変だな」

富安を見やる。

と、有田が答えた。

「基本的に、ビル内部の警備はほとんど、警備室で監視していて、専用IDがなければ、オフィスには入れないので問題ありません。富安さんたちにはビル周辺の警備と、トラブルが起こった際の対処をお願いしております」

有田は話しながら、エレベーターホールを通り過ぎた。

「エレベーターは使わないのか？」

「別のエレベーターがありますので」

有田は含み、通路をドンドン奥へ進んだ。

突き当たる。壁に非常ドアらしき鉄扉があった。有田は脇のカードリーダーにICカードをかざした。ロックが外れる。

ドアをスライドさせると、八畳ほどのホールがあり、その先にエレベーターがあった。

「どうぞ」

有田が促す。

「隠し通路か？」

藪野は警戒しつつ、ホールへ入った。

「一部の者しか使えないエレベーターです。何かと秘密にしなければならないものも多いもので」

有田は言い、ホールに入ってドアを閉めた。自動でロックがかかる。

エレベーターのドアが開き、富安と共に乗り込んだ。

ボタンを見る。十三階から十五階のボタン、それとB3というボタンがあった。

有田はB3のボタンを押した。

「地下は二階じゃないのか？」

「地下三階のフロアは、一部の者しか知りません」

有田が言う。

富安が特に驚く様子はない。地下三階フロアの存在は知っているのだろう。

いきなり、肝となる場所へ連れて行くということか……。

藪野の胸の奥がざわついた。嫌な予感がする。そして、こういう勘はほとんどの場合、間違っていない。

逃走経路を探すが、一本道で地下へ連れて行かれては、どうしようもない。

エレベーターが、地下三階に到着した。ドアが開く。また、八畳ほどのエントランスが現われ、鉄扉がある。

有田は同じく、カードリーダーにＩＣカードをかざし、扉を開けた。

廊下が延びていた。機械が動く音がする。

エレベーターを出ると鉄くずやオイルの臭い、鉄を加工する時に出る少し焦げたような臭いが濃厚になった。

さらに、少しつんと鼻を突き、目に染みるような刺激臭もする。

こいつは……。

藪野の眉間に皺が立った。

自分の嗅覚が確かなら、これは火薬の臭いだった。

通路を進むと、ガラス張りの壁になり、眼前に工場が見えた。

丸く長い筒、くの字に加工された鉄、バネや細かい取っ手など……。

「銃を作ってるのか！」

驚きのあまり、声が出た。

「さすが、ひと目でおわかりになりますか」

有田が微笑む。

「どういうことだ、富安？」

「どうもこうも、見たままですよ。ここは武器製造所です」

富安がさらりと答えた。

すると、背後でドアが開いた。

振り返る。

安西と武永が姿を見せた。藪野を見据え、ゆっくりと歩み寄る。

「素晴らしいでしょう、田所さん」

武永が言った。声が壁に吸い込まれていく。防音壁だった。

「神子島移転の目的はこれだったのか」

「いかにも。ここを拠点に、我々がこの国を再生させる」

武永は自信ありげに言った。

「あんた、極左か？」

藪野は武永を睨んだ。

「その言い方は好きじゃない。革命家といってほしいな」

「武力闘争だろ？　革命もクソもあるか」

つい、強い口調で言ってしまう。

ケンカを仕掛けたいわけではない。こういう輩がいつまで経ってもいなくならない現実に腹が立っていた。

「闘争でもない。我々も学んだ。もはや、闘わずともこの国は手に入る」

武永はかまわずしゃべった。

「何を言ってんだ？」

「ここで製造している武器は、万が一に備えてのことだ。使わないのであれば、それに越したことはない」

「武力を使わず、どう制するつもりだ？」

「金と政治。ほとんどはそれでカタが付く」

こともなげに答える。

「それでも収まらない問題に、暴力を使う。それだけのことだ」

「それだけって……。安西さん、あんたはそれでいいのか？　曲がりなりにも西日本の大親分だろ？　こんなイカレた左翼と手を組んで、恥ずかしくないのか？」

藪野は安西に目を向けた。

と、安西は笑いだした。

「古い。古いな、君は」

「何が古いんだ！」

つい、声を荒らげる。

富安が背後からにじり寄った。藪野は気配を感じ、身構えた。

安西が右手を上げて、止める。

「もはや、今の日本に左も右もない。あるのは搾取する側とされる側。私はね、田所くん。裏社会を統一したら、暴力団を合法的な組織に変えるつもりだった。今は、ヤクザでは生きられない時代になってしまったからね。しかし、はみ出し者はいつの世も一定数出てくる。外国から入ってくる輩もいる。それらすべて、君たち警察は、制御できているか？できていないだろう。マンパワーも足りなければ、法に縛られ、動けない部分もある。だが、私は目先の利益と既得権にしがみつくつまらない連中に追われた。暴力だけでは物事を成し得ないことを肌身で知った。そういう連中を排除し、国の在り方を変えるには、右も左も善も悪も関係ないんだよ。変えたいと思う力が結集しなければ、この戦いには勝てない。そこで、私は、武永さんと組むことにした。武永さんは、資金力と政治力を持っている。私は暴力を持っている。それでも足りない。そこで、君にも手伝ってほしいと言っているんだよ。権力側の人間として」

滔々と持論を述べる。

正直、反吐が出る。が、黙って聞いていた。

「君はどうなんだ？　この国を変えたいとは思わないか？」

安西が藪野を見据えた。

藪野は睨み返した。

「おまえらがいなくなるだけで、この国はずいぶんましになると思うがな」

言うと、安西はため息をついた。

「頑固だな、当局の人間は。これだから、何も変わらない」

顔を小さく横に振る。

「ここまで正直に見せても通じないとは。仕方ありませんね」

武永が言った。

と、いきなり、背中に痛みが走った。体中が痺れる。

「なん……だ！」

体が撥ね、立てなくなり、床に転がった。

有田の手元を見た。黒い携帯電話のような塊から、二本のワイヤーが伸びている。それが藪野の背中に刺さっていた。

「スタンガンか」

藪野はワイヤーを取ろうと握った。

有田が電圧を一気に上げた。

「あがが っ!」

藪野は白目を剝いた。焦げたニオイがする。

まもなく、藪野の意識が飛んだ。気を失ってはいるが、腕や足はびくんびくんと震えていた。

「どうします?」

富安が藪野を見下ろした。

「明日の裏レセプションの余興に使う。小野が持ってきたゴミと一緒にな。放り込んでおけ」

武永が言った。

「承知しました」

有田が首肯する。

「富安。手伝ってやれ」

「わかりました」

富安はうなずき、有田と一緒に気絶した藪野を運んでいった。

「もう一匹、ここに虫が入りそうです。前倒しで警備してもらえませんか?」

武永が言った。

「わかりました。予行演習といきましょう」

安西は片笑みを滲ませ、運ばれていく藪野を見据えた。

3

瀧川と梶原は、秋田空港から伊丹空港まで空路で行き、そこから新大阪駅に出て山陽新幹線に乗り換え、岡山まで出る。岡山から、JR線を乗り継いで、最終的にJR宇野みなと線の宇野駅に到着した。

ここまでの移動で五時間。さらに、ここから、チャーター船で島へ向かうことになる。

宇野港は、岡山県玉野市の南端に位置する瀬戸内海に面した風光明媚な場所だ。大型クルーズ船も入船できる港で、瀬戸内海の島々へアクセスする拠点となっている。

瀧川たちは、小型客船が停泊する四番乗り場に向かった。

瀧川が今村を通じて予約した船は、高級釣り船のような船だと聞いていた。

が、停まっていたのは、真新しいきらびやかなクルーズ船だった。

「間違えたかなあ……」

三番乗り場の方を見やる。

と、クルーズ船からスーツを着た紳士が現われた。

「待っていたよ、梶原君、井上……いや、瀧川君」

瀧川は本名を呼ばれ、驚いて振り向いた。

立っていたのは前田だった。

「おまえ、瀧川と言うのか」

梶原がじとっと見つめる。

瀧川は返事をせず、前田を睨んだ。

「どうして、それを」

「細かい話は中で。乗ってくれ」

前田はクルーズ船内に二人を促した。

甲板から船室に入る。中は広く、革張りのソファーと長テーブルが置かれていた。サイドボードにはウイスキーが並んでいて、カウンターもある。天井には小さなシャンデリアまで飾られていた。

中には黒いベストとスラックスの女性が二人いた。その一人は、前田の部下である柳だった。

「お久しぶり」

柳は微笑み、二人に向かって会釈した。

前田が入ってくる。船がゆっくりと離岸し始めた。

暗がりに包まれた海に出て行く。

瀧川と梶原は並んで座った。その向かいに、前田が腰かける。

「何か飲むか？」

二人を見やる。

「船で悠長に酒盛りか？」

梶原はサイドボードを見た。

「波が来たら危ねえだろうよ」

そのまま天井のシャンデリアを見上げる。

前田が笑った。

「この船は最新式のアンチローリングジャイロを使っているからね。瀬戸内海の揺れ程度はしっかり抑えられる」

「企業の一取締役が、そんな高価な船を買えるのですか？」

瀧川が訊いた。

「まさか。これは私の所有物ではない。会社の持ち物だ」

「知らねえぞ、俺は」

梶原が言う。

「そりゃそうだろう。君は役員でもなければ、総務部でもなかった。平社員に教えるものではなかったからね。もっとも、この船を購入したのはつい最近だ。神子島本社への専用交通手段と常駐する若手社員の娯楽用にと買ったものだよ」

前田が話す。

堤防を出ると、少し船は揺れた。が、すぐに船体は揺れを吸収し、フラットになる。まるで、水の上を滑るように走っていた。

前田は人差し指を上げた。柳がサイドボードからグラスを出し、小型冷蔵庫を開けて丸い氷を出して入れ、バーボンを注いだ。

そのグラスを前田の前に置く。テーブルクロスは滑り止めになっているようで、グラスは揺れても滑らなかった。

前田はバーボンを一口含んだ。ゆっくりと飲み干し、一息ついて、改めて二人に向き直る。

「さて、瀧川君。私がなぜ、君の名前を知っているか、驚いているようだね?」

「もちろんです。あなたは我々の協力者ではありますが、協力者にも班員の本名は教えないというのが、公安部のルールですから」

「そのルールを越える者は?」

「公安部ですか、前田さん」

瀧川が言う。

梶原は驚いて、目を丸くした。

「そう。いかにも、私は警視庁公安部の人間だ。長期で潜入し、武永の動向を追っていた」

「なぜ、武永を？」

「あいつには、あるセクトの非公然活動家ではないかという疑いがかかっていた。大学時代、市民運動にも積極的に参加し、学内でもその手のトラブルを起こしていたからな」

「武永が極左？　まさか」

梶原が首を振る。

「非公然活動家は、本性を現わさず、工作活動を進める人間だ。君がまさかと思うような、隠密行動は成功しているのだろう」

「やはり、武永は非公然活動家だったんですか？」

瀧川が訊く。

「そうだ。いや、そうだったという方が正しいか」

「過去形ですか？」

「武永は、二十五年前に所属していたセクトから抜けた。その後、人材派遣会社を起ち上げ、派遣業法の改正と共に事業を拡大し、アノングループを築き上げた」

「資本家に転じたということだな」

梶原が唾棄する。

「そう思ったんだが、違っていた」

「違うとは？」

瀧川が首をかしげる。

「形にならないセクトの活動からは身を退いたが、ヤツは革命をあきらめていなかった。潤沢な資金で政治家や財界人を取り込み、政財界の中枢に食い込んで、自分の思うように国を動かそうとしている」

「いまだ、革命家というわけですか」

「そうだ。新しい形の工作活動だな」

前田が言う。

「さらに、武永は、自分が政財界から追い落とされた時のことを考え、武装化も始めている」

「武力闘争する気ですか！」

瀧川の目が鋭くなる。

「そのために、西比良組を解散させ、安西もろとも、自分のグループに引き込んだ」

「目的のためには、暴力団と手を組むこともいとわないとは……」

瀧川の表情はますます険しくなった。

「あいつにそんな度胸があるのか？　理屈っぽいヤツではあったが、腕っぷしはまるでない。ヤクザに食われるんじゃねえのか？」

梶原が言う。

「私もそう思っていたが、そうでもないようだな。思想信条に走る者は、常人では持ちえない狂気を宿すことがある。それは時に、直接的暴力をも凌駕する。武永の場合、思想信条に加え、事業の成功と政治力が自信を与えたのだろう。君が抜けた後の武永は、私の目から見ても信じられないくらい、自信を増していったよ」

「そこまでつかんでいるなら、なぜ、公安部に報告を上げなかったんですか？　武装化を進めているなら、なおさらです。あるいは、その情報はすでに伝えていて、最終的な内偵に我々が送り込まれたということでしょうか？」

瀧川が訊いた。

前田が誰の下で働いているのかはわからない。前田の話からすると、二十年以上は、武永の内偵をしているように思える。

その頃はまだ、今村も平の捜査員だ。

ということは、鹿倉部長クラスの人間の命令か――。

知っていて、また、武装化を進めている事実を探るため、いけにえのように差し出されたのだろうか。

　そう考えていると、前田からは意外な答えが返ってきた。

「いや、武装化の話は報告していない」

「えっ？」

「武永についても、完全に資本家に転身したと伝えている」

「なぜ、そんな虚偽報告を？」

「彼の進めている活動が理に適っているからだ」

　前田はバーボンを飲んだ。

「単に革命を訴え、暴力をふるっても、大衆は変えられない。しかし、このまま何も変わらなければ、この国は沈む。私もその考えには賛成だ。ならば、自ら中枢に入って、中から国を変えよう。これもまた真理だ」

「それはいいとして、なぜ、ありのままを伝えないんですか。一歩遅れれば、武永の暴走を抑えられなく――」

「おまえ、寝返ったな？」

　梶原が言った。

「寝返ったという言われ方は心外だな。真理に気づいたと言ってほしい」

　前田が笑みを覗かせた。

「そこで、二人に訊ねたいことがある」

前田は座り直し、交互に梶原と瀧川を見やった。

「私たちと共に、この国を変えてみないか?」

まっすぐ見つめてきた。

そのまっすぐな目に寒気を覚える。とんでもない思想や活動を正義と信じて疑わない、迷いなき澄んだ目だった。

この手の目つきをする者には、どんな理屈も通じない。

「取り込まれたか……」

梶原がため息をつく。

「おまえならわかるだろう? 底辺で生きることを強いられている人々の暮らしがどれほど悲惨なものか。私も、初めは武永のような思想は忌むべきものだと思っていた。が、派遣社員たち、非正規雇用の者たちの扱われ方を目の当たりにし、はたして武永は狂気なのか? と思った。おかしいのは、奴隷のような扱いをされながらも声を上げない者たちと、平気で彼らを歯車のように使い捨てる資本家ではないかと感じた。そこを変えない限り、我々がどんなにセクトを潰しても、人々の不満は溜まりに溜まり、形を変えてテロは続く。根治が必要だ。大衆も国も」

「言いたいことはそれだけか?」

梶原が呆れたように首を振る。

「もう一つ。これまで、私の監視をしてくれてありがとう」

梶原を見て、にやりとする。

「君もまた、公安側の人間。いや、外部協力者だろう？」

「おまえ、何言ってんだ？」

梶原は啞然とした。

「わかっている。私の行動を逐一、上に報告している者がいた。内容から判断して、君しかありえない」

「おかしくなったか、前田」

梶原が憐れむような顔を見せる。

梶原の様子から見て、彼が公安に通じているとは思えない。しかし、前田は梶原を公安関係者と信じ切っているようだった。

仕掛けるか――。

「梶原さん。もう、観念しましょう。もう当局側の人間なことはバレてますよ」

瀧川は梶原を見て、小さくうなずいた。

梶原は瀧川の真意を測りかねているようだったが、うつむいた後、笑みを浮かべて顔を上げた。どうやら理解したようだ。

「たいしたもんだな。負けたよ。よく見抜いたな」

前田を見て微笑む。

「梶原さんから報告を受けた今村主任が、前田さんの動向を探らせるために、僕をアノンGHDに送り込んだんです。まったく尻尾はつかめませんでしたけどね。なので、僕が梶原さんに身分を明かしたという話を前田さんに振って、揺さぶりをかけました。しかし、丸わかりだったとは……。まいりました」

「君とではキャリアが違う。仕方ないことだよ。お互いの正体がわかったところで、提案だ。私たちの革命に参加しないか？」

前田が言った。

「今は、信じられる同志が一人でも多く欲しい。変革の時は間近だからね。君たちには私と共に当局を欺く協力をしてもらいたい。どうだ？」

前田が二人を見やる。

瀧川は話に乗ろうとした。ここでは内部に食い込む以外、次へ進む手はない。

しかし――。

「俺はお前を信じられん。だから、断わる」

梶原が言った。

「なぜだ？　おまえを会社で生かしてやったのも、母親のことを考慮してやったのも私だが」

「それも狙いあってのことだろう？　腹に何を抱えてるかわからねえヤツが一番信じられねえんだよ。おまえは安西よりひでえ」

小馬鹿にしたように笑う。

前田が気色ばんだ。が、すぐに笑みを作り直した。

「君はどうだ？」

瀧川を見やる。

「ついていくわけねえだろ。自分の組織を裏切るようなヤツに」

「そうなのか？」

前田が見つめる。

瀧川はため息をついて、うつむいた。

梶原がここまで挑発した後、そちらに寝返っても、前田は自分を本当には信じない。それでは利用されて、身を危うくするだけだ。

梶原に乗るしかない。

顔を上げて、瀧川は言った。

「断わります」

その瞬間、柳ともう一人の女性は、隠し持っていた銃を出し、瀧川と梶原に向けた。

「残念だ」

前田がゆっくりとデッキに上がる。

まもなく、銃声が轟いた。

4

三日後、アノンGHD神子島本社屋のお披露目が行われた。

本当は、十階のレセプションホールで、政財界の重鎮や国内外のセレブを集め、大々的に披露する予定だったが、コロナ禍が依然収まらない状況を考慮して、報道陣だけに公開されることになった。

しかし、アノンGHD側としてはそれでよかった。ニュースになれば、タダで自社を宣伝できる。

武永の挨拶を始め、報道陣には、特集を組めるほどの素材を十分に与え、夕方には引き揚げてもらった。

報道陣を乗せたアノンGHD所有の専用クルーザーが宇野港へ向かう。

海が薄暮に包まれる中、別の専用クルーザーが神子島の港に入ってきた。

「おい」

港近くに、報道関係者が三名残っていた。

「ありゃ、なんですか？」

若い男が言った。

「パーティーはないんじゃないのか?」

ショルダーバッグを抱えた男が民家の塀の隙間から身を乗り出した。

ぞろぞろとスーツを着た紳士やドレスを着た淑女が降りてくる。

政界の重鎮、財界の大物、国内のセレブなど、錚々たる顔ぶれだ。

港に並んだリムジンが、紳士淑女を乗せ、本社屋へ向かう。

「カメラを回せ!」

ジャケットを着たディレクターらしき男が言う。

ショルダーバッグを抱えていた男が中からハンディーカメラを出し、回し始めた。

「これは、何かあるな。局に連絡しろ。夜のニュースは差し替えだ」

ディレクターらしき男がにやりとする。

若い男は少し下がって、スマートフォンを取り出した。

タップしようと画面を見る。その画面に男の影が映った。振り向こうとした瞬間、後頭部を強打された。

若い男は目を剝いて前のめりになった。そのまま襟首をつかまれ、腹部に二発、三発と拳を食らう。

若い男の呻きに気づいたディレクターらしき男が振り返った。

ジーンズに薄手のダウンジャケットを着た男が暴行を働いている。

「何やってんだ！」

怒鳴る。

カメラを持った男も振り返り、レンズを若い男の方に向ける。

と、その背後にもラフな格好をした男たちが現われた。

一人はカメラをもぎ取り、カメラマンの顎に拳を叩き込んだ。カメラマンは口から血を吐き出し、仰向けに倒れた。

もう一人は、ディレクターらしき男の胸ぐらをつかんで、引き寄せた。

ポケットをまさぐり、名刺入れを取って、後方に投げる。拾った男が中を見る。

「東海中央テレビのディレクター、湯沢洋一《ゆざわよういち》という男ですね」

男が名刺に書かれた肩書と名前を読み上げた。

「報道のみなさんは、お引き取りくださいとお願いしたはずですが？」

鼻先を突きつけ、睨む。

湯沢は顔をひきつらせた。

「の……乗り遅れたんだ」

とっさに言葉をひねり出す。

「それでしたら、お送りしましょう。おい！」

男が声をかける。

ぞろぞろと人相の悪い男たちが姿を見せた。報道関係者を取り囲む。

「こちらのお三方をお送りしろ。海の底にな」

片笑みを浮かべる。

湯沢の両眼が強ばった。

男の手を振り払い、逃げようとする。三人の男が湯沢を囲んだ。

湯沢は拳を振り上げた。しかし、振り下ろす前に三人の男が一斉に湯沢との距離を詰めた。一人が背後から湯沢のわきに腕を回して羽交い絞めにし、一人が口をふさぐ。

そして、もう一人は懐から短刀を出した。鞘から抜くと、低い姿勢で躊躇なく、腹を刺した。

湯沢が目を見開く。

それを見て、指示を出した男がスマホを取り出した。

「もしもし、富安さん。さっそく、不審者を処分しました。引き続き、警備にあたります」

5

地下三階の南端にある部屋のドアが開いた。真っ暗な部屋にフロアの明かりが射しこむ。

「起きろ」

富安が声をかける。中にいた男がゆっくりと上体を起こした。

藪野だった。顔は腫れ上がり、口辺には血の塊がこびりついている。上半身は裸で、胸元や腹部、背中にも切り傷や打撲の痕が無数に残る。ズボンの裾も裂けている。

両手足首は縛られていた。富安が右手を起こし、前に振った。

後ろにいた男たちがバケツを持って入ってきた。男たちは次から次とおかまいなしに、藪野に水をかける。

ずぶ濡れになると、一人の男が藪野を全裸にして、さらに水をかける。最後に二人の男がバスタオルで、藪野の体を拭いた。

血の塊や垢が取れ、少し小ぎれいになる。

「どういうことだ、富安」

「大事な客の前に出すんでな。洗ってやっただけだ。連れていけ」

長くひと気のない廊下を運ばれ、分厚いドアの奥へ連れて行かれた。

行き止まりになっている。藪野はフロアに下ろされた。

左側の壁を見ると、全裸の人間がキリストのように張り付けられていた。

「おまえ……」

藪野が腫れた瞼を開く。

張り付けられた男が下を見て、力なく微笑む。

白瀬だった。同じように顔を腫らし、全身に無数の傷を負っている。

「仲間だろ？　仲良くあの世へ旅立たせてやる」

富安が男たちを見てうなずく。

藪野は白瀬と同じく、十字に磔になった。

「神にでも祈っとけ」

富安は片笑みを覗かせ、男たちを引き連れて、外に出た。

ドアが閉まる。暗闇に二人、置き去りにされた。

「藪さんも捕まったんですか」

白瀬が細い声を絞り出した。

「安西に嵌められた。おまえは？」

「小野喜明の家族にやられて、このザマです。あいつら、まるごと極左でした。どうやら小野宗弘は武永と活動家時代の仲間だったようです」

「まいったな……」

藪野は大きくため息をついた。

腕を動かしてみる。ガチャガチャと鉄の枷が鳴るだけで、びくともしない。

「無理ですよ。俺もだいぶいろいろ試してみましたけど、枷はコンクリートに埋め込まれてて、どうにもなりません。この壁が崩れない限り、鍵がなきゃ外せません」

「あとはなるようになれか」

藪野は抗うのをやめた。

「なあ、白瀬。もし、生まれ変わったらどうする？」

唐突に訊く。

「さあ。誰かのようになりたいなんてのは特にないんであれですけど、少なくとも、二度と作業班員にはなりたくないですね」

「同感だ。生まれ変われたら、もう少しましな人生を生きよう。まあ、これ以上ひでえ人生もないだろうがな」

藪野が笑う。

白瀬も達観したような笑みを覗かせた。

6

港に近い村の路地には、富安らの部下があふれていた。

大手を振って闊歩する男たちを嫌忌し、住民は家にこもっている。

神子島にいるのは、アノンＧＨＤの関係者だけといった雰囲気になっていた。

富安の部下たちは、二人一組になって、村をパトロールしていた。

陸風が吹きつける。薄手のニットセーターの男が腕を胸元に回して、体を震わせた。

「寒いな。いつまで、島中うろついてなきゃならないんだよ」

愚痴る。

「お偉いさんたちが島を出るまでは仕方がない。まあ、今日を乗り切ったら、これからは楽な仕事になるから、がんばろうや」

スーツの男はセーター男の背中を叩き、歩きだすと、その目が左斜め前方の空き家に向いた。窓の奥で明かりが揺れた気がした。

立ち止まる。

「どうした？」

「しっ」

スーツ男が人差し指を鼻先に立てた。

セーター男がスーツ男の視線を追う。

息を潜めて見つめていると、不自然に明かりの筋がよぎった。二人は目を合わせて、うなずいた。

家に近づき、懐から銃を抜く。スーツ男が庭を指さした。セーターの男が首肯し、身を屈めて庭へ入っていく。

スーツ男は玄関の引き戸に手をかけた。

引き開けると同時に怒鳴る。

「誰や、こら!」

銃口を起こす。が、まもなく、男の顔が引きつった。

左右両側からこめかみに銃を突きつけられていた。右にいた男がスーツ男の手から銃をもぎ取る。

スーツ男は、セーターの男が背後から敵を襲うことを願い、待った。

しかし、セーター男も二人の男に挟まれ、両手を上げ、庭から入ってきた。

二人して、部屋へ上げられる。居間まで連れて来られ、座らされた。

四人の男が二人を取り囲み、銃口を向ける。

「おまえら、誰や……?」

スーツ男が両手を上げたまま訊いた。

奥の部屋の襖が開いた。

目つきの悪い中年男が出てきた。作業着のようなつなぎを着て、見た目は野暮ったい。

だが、その眼光は鋭かった。

中年男は、二人の前に来て屈んだ。

「こんばんは。俺は、警視庁公安部の今村と言う」

中年男が名乗る。二人の顔が強ばった。

「おまえらに与えられる選択肢は二つ。俺たちと一緒に来て、知っていることを洗いざらい話すか、抵抗してここで死ぬか」

今村が言うと、男たちの銃がカチャッと小さく音を立てた。

二人が蒼ざめる。

「もうすぐ、この港は我々が制圧する。今、新社屋にいるお歴々も、我々の手に落ちる」

「ふざけんな。新社屋に招いた人たちは、政財界を仕切る人たちだ。おまえらごときが手を出せるわけないだろう」

スーツ男がうそぶいた。

「おまえ、わかってないな」

今村はにやりとし、顔を近づけた。

「新社屋に集まっている連中は、どれほどの人物であろうと一個人でしかない。だが、我々はな」

さらに鼻先を突き出す。

「国家権力だ」

スーツ男の黒目を見据えた。

男は動揺し、黒目が揺れた。

「戦争するか？　国と」

今村が言う。

男たちはうなだれるしかなかった。

「連れていけ」

今村は命じ、立ち上がった。

今村の部下は、二人で一人の男を両脇から抱え、空き家から連れ出した。

スマホが鳴る。今村はポケットから取り出し、画面を見た。

表にいる安西の仲間を拘束したというショートメッセージが次々と入ってきていた。

今村は番号を表示し、タップした。ワンコールで、相手が出る。

「俺だ。港は押さえた。先行潜入しろ。今夜決着を付けるぞ、瀧川」

今村は言い、宙を睨んだ。

7

スーツに身を包んだ瀧川は、来賓の関係者を装って、本社屋の駐車場まで来て、じっとその時を待っていた。

クルーズ船内の出来事には驚いた。

柳ともう一人の女が、瀧川と梶原に銃口を向けていた。

前田がデッキに上がり、姿を消した後、柳はいきなり、隣の女に銃口を向け、撃った。

赤い液体が飛び散ったが、女は倒れない。

空砲だった。

驚いて固まっている女に、柳はポケットから出した注射器を刺した。液体を注入すると、女は目を剝いて膝から頽れた。

柳は瀧川と梶原にも空砲を浴びせた。銃口から飛び出した弾は胸元や額でパッと弾け、赤い液体をまき散らした。

銃口を振って、倒れるように指示をする。

瀧川たちは床に伏せた。

柳は、瀧川と梶原の下に駆け寄ってきて、見つめながら言った。

「私は公安部の柳岡《やなおか》です。あなた方を海に投棄します。梶原さんとこの女性を沖で待つ公安部に引き渡し、あなたは今村主任に先ほど前田から聞いた話を報告するように」

そう指示をすると、三人の頭から袋をかぶせた。

袋の中には、簡易救命具と携帯用の酸素ボンベが入っていた。

複数の銃声を聞いた前田が戻ってきた。

柳は前田に、瀧川たちが抵抗し、仲間の女が殺されたと説明した。その後、柳と前田は協力し、一人ずつ運び出して、海に放った。

瀧川と梶原は、クルーズ船が離れてすぐ、被せられた袋を外し、波に揺られながら救命具を身に着け、酸素ボンベを咥えた。

前田の部下の女は沈みかけていた。それを二人で助け出し、救命具を着させ、両脇を抱えて、沖へ泳いでいった。

すぐに漁船が近づいてきた。どうやら、前田らのクルーズ船を追尾していたようだ。

瀧川たちは漁船に乗っていた公安部員に拾われ、助かった。

公安部の拠点に戻り、梶原と前田の部下の女は保護された。

瀧川は今村に仔細を報告した。

情報を精査した今村は、アノンGHD神子島本社屋がお披露目される日を選び、関係者を一網打尽にすることを決めた。

ドアがノックされた。

目を向ける。柳が顔を見せた。瀧川は車から降りた。

「港は制圧。あとは社屋だけよ。こっちに」

柳が先導する。瀧川は続いた。

社屋の裏手に回る。社員用の通用口がある。その前で柳は、バッグからIDのパスカードを出して渡した。

「これはマスターキー。どこにでも入れる。あなたを役員用の特別エレベーターに案内する。地下三階には、藪野さんと白瀬さんが囚われているはず」

「二人はここにいたんですか？」

「ええ。武永たちは、裏レセプションと称して、ここで製作している銃器を参加者に使わせるつもりなの。的は、藪野さんたちよ」

柳の言葉に、瀧川の表情が険しくなった。

「人間を使って、試し撃ちさせる気ですか！」

怒りが滲む。

「彼らは、同志以外は人を人とも思っていない。私が接触してきた反乱分子の中でも最悪の部類よ」

柳は自分のＩＤでドアを開けた。

瀧川を招き入れ、通路の奥へと向かう。

「ここから先は、私も入れないの。そのマスターキーで行って」

柳は言い、バッグから銃を取り出した。三八口径のオートマチックだ。マガジンも一本付けて、瀧川に差し出す。

瀧川は受け取り、銃を腰に差して、替えのマガジンを上着の横ポケットにしまい、マスターキーでドアを開けた。

八畳ほどのエレベーターホールに入ると、ドアが閉まり、ロックがかかった。

一人になり、大きく息をつく。

そして、エレベーターに乗り込んだ。

8

武永と安西は、レセプション会場から七名の客を連れ出した。与野党の次世代を担う若手政治家、財界の風雲児、著名な女性経済評論家、半グレ上がりの投資コンサルタントと、顔ぶれ豊かだ。みな、四十歳前後と若い。

専用エレベーターで地下に下りる。

「何が始まるんですか？」

野党の若い政治家が訊いた。

「ぜひとも、次世代を担うあなた方に見てほしいものがありましてね」

武永が言う。安西は脇で微笑んでいる。

「なんです、それは？」

女性評論家が訊く。

「それは見てのお楽しみということで」

話しているうちに、エレベーターが地下三階に着く。

「どうぞ、こちらです」

武永が先に降りた。

客がエレベーターを降りる。最後に安西が降りて、後方を固めた。

武永が自分のＩＤでドアを開けた。中にはスーツを着た男が立っていた。武永に一礼する。

客たちが武永の後に続く。

客たちの顔は少々強ばっていた。

しかし、廊下を進み武器の製造工場を目の当たりにすると、客たちは一様に、困惑と高揚感を顔に滲ませた。

「こりゃすごいですね」

コンサルタントの男が、ガラスに張りついて目を輝かせる。

「本物を見るのは初めてかな？」

安西が横から声をかける。

「はい。俺らはほとんど素手と刃物なんで」

「では、今日が初めての射撃となるな」

「撃てるんですか！」

コンサルタントの男が安西を見る。安西は深くうなずいた。

「これはどういうことですか？」

与党の若手政治家が恐々訊ねた。

武永は振り向き、一同を見やった。

「私と安西さんは、君たち若手に未来を懸けたい。このままでは我が国は沈みゆく。君たちのような知見を有した若者にこの国の行く末を牽引してもらうため、私たちは財力、政治力、武力を投じて、全力で君たちをバックアップしたい」

武永がぶった。

困惑や戸惑いが、一気に驚喜と変わる。

「しかし、その代わりに君たちにも決意を示してもらいたい。私たちも若くはない。時間と労力を無駄にしたくないのだ」

「どうやって、決意を示すんですか?」

「ある人物を撃ってもらう」

武永の言葉に、みな、顔を強ばらせた。

「物事を成すには、時に非情な決断も必要だ。また、ここで非日常を共有することで、絆を固めたい。とても自分にはできそうもないという者は、ここで去ってもらって結構だ。去ったといえど、君たちへの支援は続ける。ここから一歩踏み出せば、後戻りはできない。どうする?」

若者たちを見回す。背後から、安西も鋭い視線を向けていた。

「私、進みます」

最初に手を上げたのは、意外にも女性経済評論家だった。

「国際経済をやってると、ほんと、武永会長がおっしゃるように、このままでは亡国となりそうなのは明白ですから」

「僕もいきましょう」

野党の若手議員が続く。

「理想を実現するためには、多少の犠牲も必要ですから」

前に出て、武永の横に並ぶ。

「君たちだけには任せておけないな。私も国のために政治家を志した身。清濁併せ呑んで前に進みます」

与党若手議員も歩を踏み出した。

一人、また一人と、続く。

9

武永たちより先に地下三階へ降りた瀧川は、関係者を気取り、廊下を奥へと進んでいた。ところどころに見張りが立っているが、そもそも、この場所に入れること自体が身分証明となっているのか、問われることなく、進んでいった。

途中、武器の製造工場が目に入る。

とんでもない規模の工場で、証拠として写真を撮りたかったが、藪野たちの所在が知れるまで、疑われるような行動は避けていた。

どこにいるんだ……。

多少、気が急く。レセプション会場で公安部員が動きだせば、藪野たちの身に危険が差し迫る。

その前に見つけ、救出しなければ――。

瀧川は通路の突き当たりに立っていた見張りの男に声をかけた。

「君」

「なんでしょう？」

「公安部員は、どこに監禁しているんだ？」

さらりと訊く。

男は訝しげに瀧川を眺めた。

「前田常務が来客の接待をしていて来られないので、私が代わりに公安部に関しての情報を聞き出してこいと言われている。藪野か白瀬という者を捕らえているはずだが」

名前を口にした。

男の眦がぴくりと動く。

「少々お待ちください」

男は懐からスマートフォンを取り出そうとした。めくれたジャケットの内側に、銃のホルスターが見える。

瀧川は男のホルスターに手を伸ばした。ストッパーを指で弾き、銃を抜き出す。

男は瀧川の唐突な行動に一瞬止まった。

銃口を腹部に押し当て、ジャケットを銃身に被せる。ガラス窓の方に立ち、工場からの視界も防いだ。

スマホを奪い、ポケットに入れる。

「どこにいる。言わなければ撃つぞ」

顔を寄せ、小声で言った。

「撃ってみろ。銃声を聞いた仲間が駆け付けてきて、てめえは蜂の巣だ」

男が強がる。

瀧川は片笑みを見せた。

「銃口はおまえの腹の肉に食い込んでいる。ジャケットも被せてある。ほとんど音はしない。クッション越しに発砲するようなもんだ。わかるだろ？」

低い声で静かに言う。

男の顔から余裕が消えた。

クッションを使ったところで、実際は結構な発砲音がする。閉ざされた空間なら、反響もするだろう。

だが、瀧川は畳みかけた。

「いずれにしろ、おまえだけには、この銃に入っている弾をすべて撃ち込む。内臓や脳みそがぐちゃぐちゃになるまでな」

銃口を押しつけた。

男の額に脂汗が浮かんだ。

「どこだ？」

再度訊く。

瀧川にも余裕がない。一つ間違えば、即、死を招く。その危機的状況が、瀧川に迫力を持たせていた。

「この先だ」

男は突き当たりの壁を目で指した。

「だが、俺たちは入れねえ。特別なＩＤカードがいる」

「どうするんだ？」

「右手の壁に非常灯があるだろう。小さく赤く光っているところだ。そこに許可されたＩＤカードをかざせば開く」

「そうか」

瀧川はポケットから柳に渡されたＩＤカードを出し、左手に持って、腕を伸ばしてかざした。

と、ロックの外れる音がし、壁が左から右に動いた。

「何者だ、おまえ？」

男が目を丸くする。

瀧川は開いたドアの向こうに男を押し込んだ。狭く壁に囲まれた廊下が続く。入ると、背後のドアが閉まり始めた。

「誰だ！」

通路の奥から声が響いた。

目を向ける。三人の男が立っていた。

「敵だ！」

男が叫び、通路の先の男たちが一斉に腕を起こした。銃を握っている。

複数の発砲音が轟いた。

瀧川はとっさに男の背後に身を屈め、ジャケットの背をつかんだ。

男が被弾した。血飛沫と共に悲鳴が響く。仰け反る男の背中が頭にずしりとのしかかる。

瀧川は腰を落としたまま、前方に銃口を向け、引き金を引いた。

敵の姿は見えない。発砲音の方向だけを頼りに撃ち続ける。通路の先で短い悲鳴が上がった。敵に銃弾が当たったようだ。

敵も身を隠しているのか、反撃がない。

男から奪った銃を撃ち尽くす。と、再び、敵の攻撃が始まった。

瀧川は空になった銃を捨てた。少しだけ、敵の位置を確認しようと男の体の脇から顔を出す。銃弾が頬を掠めた。一筋の傷が右頬に走り、血が流れる。

しかし、敵の位置は把握した。左右の壁際に一人ずつ。

瀧川は味方に撃たれた男の背中と腰に両手のひらを当てた。しっかりと握る。

行くしかない――。

そのまま男の体を盾にして立ち上がる。死んだ人間の肉体は重い。腕の筋肉が軋むほど盛り上がった。

少し持ち上げ、敵に向かって走った。

速いとは言えないが、いきなり屍を持って迫ってくる瀧川を見て、相手が怯み、一瞬発砲を止めた。

瀧川は男の屍を前方へ突き飛ばした。

敵があわてて、男を撃つ。

その隙に、瀧川は上着の裾を右手で撥ね上げた。腰に手を回し、柳から受け取った銃を抜く。

そして、上体を起こすと同時に右手にいる男に銃口を向けた。引き金を引く。

銃弾が男に命中した。男は肩口から血をまき散らし、壁沿いに回転して、崩れ落ちた。

左手にいた男が瀧川を銃撃した。銃弾が左腕の上腕の外側を抉った。

瀧川は顔をしかめた。が、歯を食いしばり、銃口を左に向けた。敵を視界に捉える。立て続けに発砲した。

敵は胸部や腹部に被弾し、壁にぶつかり、舞った。そして、最後に壁に背を打ちつけ、血の筋を描いてその場に沈んだ。

静かになった。硝煙と火薬の臭いが漂う。

近づくと、左壁に人影があることに気づいた。銃を向ける。

「瀧川！」

声を聞いて引き金にかけた指を離した。

「藪さん？」

裸の男を見て首をかしげる。

「すぐ気づけ！　バカやろうが！」

藪野は怒鳴った。

「俺もいるぞー」

隣の男が瀧川を見る。

「白瀬さん！」

瀧川は目を丸くした。

二人とも全裸で、一見では認識できないほど顔も腫れている。

「外してくれ」

藪野が手首を見やる。

「ちょっと待ってください」

瀧川は肩を撃ち抜いた敵の男に駆け寄り、しゃがんだ。

髪の毛をつかみ、顔を上げさせる。

男は呻いた。が、瀧川が銃口を突きつけると、両眼を引きつらせ、漏れだす声を飲み込んだ。

「壁の男らの枷を外す鍵は？」

「ここにはない」

男が返す。

瀧川は銃口で頭蓋骨をごりごりとこねた。

男が真っ青になる。

「本当だ！　富安さんしか持ってない！」

「富安ってのは、どこにいるんだ？」

再び、ごりごりする。

と、背後から声がした。

「瀧川！　富安を捕まえてる時間はねえ。銃で壊せ。至近距離で金具か金具周りのコンクリを狙やあ、なんとかなる」

「無茶ですよ！」

「時間がねえって言ってんだろうが！　さっさとやれ！」

藪野の怒鳴り声が通路に響く。

瀧川は深く息をついた。藪野は言いだしたら退かない。また、それしか方法がないこともあきらかだ。

藪野の右手に歩み寄る。跳弾を浴びないよう、銃口を斜め下から留め具に向けた。汗ばむ手でグリップを強く握りしめた。

「行きますよ」

言うなり、引き金を引いた。

炸裂音と共に金属音が響く。耳の奥に強烈な音が飛び込んできた。

一発では金具は弾けなかった。

「さっさとやれ！」

藪野がやけくそ気味に怒鳴る。

瀧川は目を細め、連射した。金具が揺らいだ。もう一発撃ち込む。

金具が弾け飛んだ。その金具が藪野の額にあたった。ざっくり切れて、血が流れる。

「すみません！」

「かまわん！　他もさっさとやれ！」

藪野が怒鳴る。瀧川は心を鬼にして、左手首と足の枷の金具も同じ要領で壊した。

「助かった。白瀬のも外してやれ」

藪野が言う。

瀧川は空になったマガジンを取り換え、白瀬の右脇に歩み寄った。

「なるべく、ケガしないように頼むよ」

「善処します」

そう言い、金具に向けて連射する。

手首と足の枷を壊す。

「よかった。さすがに、今回はダメかと思ったよ。よく、ここに入れたね」

「長期潜入の作業班員が手引きしてくれました。今晩中に決着を付けると今村主任は言っています。島には公安部員が多数送り込まれています」

「今村の言うことはあてにならねえが、まあ、おまえがここまで来たってとこを見ると、部員が大勢入ってきてるってのは本当だろうな。白瀬」

藪野が呼びかける。

白瀬に服を放った。瀧川が倒した敵から剝ぎ取ったものだ。

「血だらけじゃないですか……」

「素っ裸よりましだ」

そう言う藪野も、穴の開いた血まみれの服を身に着けている。

白瀬は渋々袖を通した。長身の白瀬が着ると、七分袖と七分ズボンのようになる。

藪野は男の腹を上から踏みつけた。男が嗚咽を漏らす。

「よお、兄ちゃん。俺らをどうするつもりだったんだよ」

腹をぐりぐりと踏み回す。

「さっさと吐かねえと、頭ぶち抜くぞ」

苛立った様子で、スライドを擦らせた。弾が装塡される。男は蒼ざめた。

「なんで、壁に切れ込みが入ってんだ？」

銃口を向ける。

「か、壁が回転するようになってるんだ！」

男はあわてて言った。

「なぜだ？」

「壁の向こうは試射場だ。普段はマネキンを付けてやってるんだが、たまに人間を張りつけて、処分がてら試し撃ちしている」

「俺らを、試し撃ちの的にしようとしやがったのか」

足を上げて、思いっきり腹を踏む。

男は血混じりの胃液を吐いた。

「その試射はいつ始まるんだ？」

白瀬が訊いた。

「もう、まもなく。連絡が来たら、奥にあるスイッチを押すことになっている」

男が壁際にあるスイッチを指さした。

「なるほど。いいこと考えた。瀧川君、手伝ってくれ」

白瀬が瀧川を見やる。

「何するんですか？」

「的がないと、連中、怪しむだろう？」

裸に剝いた屍を目で指す。

「そりゃいい。さっさとやろう」

藪野と白瀬が動きだす。

正当防衛で倒した敵とはいえ、生贄にするのは気が乗らない。が、他に方法も思いつかない。

瀧川は息のある男の胸に屈み、衣服を脱がせ始めた。

「俺を標的にするつもりか！」

涙目で体を揺さぶる。

「衣服で手足を縛るだけだ。おとなしくしていれば、死ぬことはない」

両手足を縛り、部屋の隅へ連れて行く。

そして、白瀬たちの作業を手伝った。

10

武永は、自分の申し出に賛同した若者たちに銃を持たせた。自社工場で作った十五連発のオートマチックだ。

誰もが、初めて握る実銃を緊張した面持ちで見つめていた。

試射場に入る。射撃場のようなカウンターはあるが、ブースは仕切られていない。前方にだだっ広い空間があり、その先に壁があるだけだ。

「イヤーカバーとゴーグルをつけてくれ」

武永が言う。

若者たちは横一列に並んでカウンターに銃を置き、用意されていたヘッドホンタイプのイヤーカバーとゴーグルを身に着けた。

「ここからは、わしが説明しよう」

安西の声は、イヤーカバーの中にあるスピーカーから聞こえてきた。

「まず、持ち手左にある安全装置を解除してもらいたい。小さなコックのようなものだ。それを下げれば、安全装置は外れる。銃口は決して自分や周りの者に向けないこと」

安西の指示に従って、各人が安全装置を外し、銃を撃つ。

若者たちが銃を撃ち終えると、安西に倣いマガジンを取り換え、カウンターに置いた。

女性経済学者が大きく息をついた。他の者たちも息をつき、緊張を緩ませた。

「手が痺れるんですね。おまけに熱い」

女性経済学者が右手を揉む。

「まあ、君たちの手がダメになるまで銃を撃つこともない。さて、本番だ。次は、正面の壁に標的が現われる。その標的に全弾撃ち込め」

武永が言った。

少し和らいだ空気がぴりっと張り詰める。

「それが私らと君たちの絆だ」

「でも、相手は死にますよね？」

与党政治家が言う。

「もちろん。だが、それは、ただの死ではない。未来を築くための名誉ある殉教だ。この国の明日のためにその命を捧げていただくのだよ」

　武永はしれっと答えた。

「さあ、銃を構えて」

　武永が命じる。

　若者たちは観念したように、銃を構えた。

　武永は安西を見た。安西はうなずき、スマートフォンを鳴らした。

　まもなく、正面の壁の一部がゆっくりと回転し始めた。壁に張りつけられた全裸の男たちが現われる。二人ともうなだれていた。

　壁が半回転しきった。

「全員、撃て！」

　号令をかけると同時に、凄まじい炸裂音が試射場に響き渡った。

　銃弾が全裸の男の肉を抉り、骨を砕き飛ばす。外れた弾丸はコンクリートを削り、跳ねて、床に突き刺さる。

　誰かが撃った弾丸が向かって右の男の頭蓋骨に食い込んだ。

　顔が撥ね上がると同時に、砕けた頭蓋骨から血混じりの脳みそが飛び出た。ぴしゃっと音がし、コンクリートの壁に赤い脳みそが張りつく。

　野党の政治家が凄惨な光景を見て、足下に嘔吐した。

「休むな！」

武永が怒鳴る。

野党政治家は涙を流しながら、全弾を撃ち切った。スライドが上がったままの銃をカウンターに置く。そのまま両手をついて、うなだれた。

他の者たちも、硝煙に白む中、顔を伏せた。目の前の光景を見ないようにしている。

安西は壁を見た。裸の男二人は、原形を留めないほど被弾していた。特に、右の男は顔がほとんどなくなっている。

無様なものだな、公安の犬は……。

藪野を思い出して片笑みを浮かべ、銃を置き、ゴーグルとイヤーカバーを外す。

他の者もゴーグルなどを外す。みな、言葉がない。

武永が声をかけた。

「これで、君たちは我々の希望の星となった。大船に乗ったつもりで、これからの日本を導いて——」

話していると、壁が回転し始めた。

武永と安西が壁に顔を向けた。若者たちも顔を上げる。

半分ほど開いたところで止まった。

そこから、三人の男が現れた。

「おい、何をやってる！」

安西が怒鳴る。

と、現われた男の一人がいきなり、安西に銃口を向けた。

安西の顔が強ばった。

「おまえ！」

藪野を認めた。

カウンターの銃に手を伸ばそうとする。

藪野が放った銃弾が銃を弾き飛ばした。

長身の男が武永を撃った。白瀬だ。

銃弾は武永の右前腕に食い込んだ。武永の手にあった銃が足下に落ちる。

武永は血が噴き出る腕を押さえ、痛みに顔を歪めた。

若者たちはパニックに陥った。逃げようとする者、銃をつかんで応戦しようとするが、マガジンを入れられない者、カウンターの後ろにしゃがみ込んで身を縮こませる者。突然、自分たちに銃口を向けられ、混乱している様子だった。

真ん中にいた瀧川は、天井に向けて、三回引き金を引いた。

「動くな！」

声が反響する。

若者たちが動きを止めた。

「我々は警視庁公安部の者だ。まもなく、我々の仲間がここを制圧する。おとなしく指示に従えば、無用な怪我を負うこともない」

一瞬、しんとなった。

武永が腕を押さえて、カウンターの後ろに消えた。痛みに耐えかねて、両膝を落としたのか……と思いきや、突然、立ち上がる。

手にはサブマシンガンを握っている。

「ヤバい！」

白瀬が叫んだ。

武永が引き金を引いた。連射音が炸裂する。足下や壁に、銃弾が食い込む。

瀧川たちは左右に散った。

安西も銃を取った。藪野を狙う。藪野は右肩を撃たれ、回転して倒れた。

「藪さん！」

瀧川が安西を狙う。

安西は試射場の出入口に走った。若者たちも一斉に出入口へ向かう。

武永も瀧川たちに掃射しながら、ドア口へ走った。

ドア口では、若者たちが我先に逃げ出そうと揉み合っている。

「ジャマだ！」

武永は若者たちに銃口を向けた。容赦なく連射する。若者たちは銃弾を受け、一人、また一人と倒れた。

武永は倒れた若者たちを踏みつけ、試射場から駆け出た。

「なんてことを……。武永！」

瀧川が後を追う。白瀬と藪野も続く。

ドアの先に出た。とたん、弾幕が襲ってきた。

ドアの先は武器工場だった。そこにいた武永や安西の部下たちが銃を手にして、一斉に発砲してきたのだ。

瀧川はあわてて、試射場へ飛び込んだ。倒れた若者の後ろに隠れる。

無数の銃弾を浴びた若者の屍が跳ねる。

藪野と白瀬も壁に背を張りつけ、動けずにいた。

「まずいな。このままじゃ、連中に逃げられちまう」

藪野が舌打ちをする。

「こっちです！」

瀧川は壁裏に走った。二人がついてくる。

工場を見下ろすガラス壁の通路を走る。

「いたぞ！」

敵の男の声が聞こえた。下から撃ってくる。ガラスが砕け、三人の頭に降り注ぐ。

瀧川たちは上体を屈めて走り、時折、武器工場に向けて銃を放った。

ようやく通路の端まで駆け抜けた。

「この先は八畳ほどのエレベーターホールになっています。地下からの逃げ道はここしかありません」

「待ち伏せてるか」

白瀬がため息をつく。

「だが、八畳ほどだ。狭いところに群がってりゃ、いいカモだ」

瀧川はマスターキーをポケットから出した。

「いいですか？」

問いに、藪野と白瀬が首肯する。

瀧川はリーダーにマスターキーをかざした。

ゆっくりとドアが横に開く。

藪野が隙間に右腕を突っ込んだ。立て続けに引き金を引く。ドアの向こうで悲鳴が上がった。応戦してきた銃弾がドアに当たる。

試射場側の通路から敵が迫ってきた。白瀬がその敵に向け、発砲する。

ドアが開いた。瀧川はエレベーターホールに乱射した。群れになって溜まっていた敵が次々と倒れていく。

エレベーターが降りてきた。ドアが開く。

「白瀬さん！」

瀧川が呼ぶ。

白瀬はエレベーターに駆け込んだ。藪野と瀧川が通路に向けて乱射する。敵が怯んでいる間にドアを閉めた。

エレベーターが動きだす。三人は同時に大きく息をついた。

「死ぬかと思った……」

白瀬は額の汗を手の甲で拭った。

「僕もです」

瀧川がぎこちない笑みを浮かべる。

「こら、息抜いてんじゃねえ。安西と武永が逃げたんだ。捕まえねえと決着つかねえぞ」

「そうでした」

瀧川はスマートフォンを出し、今村に地下での出来事と、武永と安西を取り逃がしたことを報告し、通話を切った。

「逃げるとしたら、港だね」

白瀬が言う。

「港は公安が押さえてますよ」

瀧川が伝える。

「なら、逃げられないね」

白瀬が微笑んだ。

「島から出られるのは、船だけじゃねえぞ」

藪野が天井を指さした。

瀧川と白瀬が顔を見合わせる。

「下は、今村たちに任せとけ」

そう言うと、藪野は最上階のボタンを押した。

11

屋上にはヘリコプターが待機していた。

すでにメインローターが回っている。前田が屋上のドアの前で待っていた。

ドアが開く。武永と安西が現われた。

「大丈夫ですか！」

前田が駆け寄る。

「下はどうなっている？」

武永が訊く。

「社屋内に公安部員が踏み込んできて、レセプション参加者のみならず、建物内にいる者を片っ端から引っ張っています」

「なぜ、その情報が私の下に入らなかったんだ？」

武永は前田を睨んだ。

「それは……」

「使えないヤツはいらん」

持っていたサブマシンガンの銃口を前田の胸元に当てた。躊躇なく引き金を引く。

前田が両眼を見開いた。銃弾は背中を突き破る。弾き飛ばされた前田は仰向けに倒れた。たちまち血の海に沈んでいく。

「あっさり殺すじゃねえか。生かしてりゃ、まだ使えたぞ」

安西が、前田の屍を冷ややかに見ながら言う。

「公安が踏み込む情報一つ取れない役立たずは、飼っておくだけ無駄だ」

「冷てえなあ、左の人間は。しかし、こりゃ、逃げても立て直すには相当の時間がかかりそうだな」

「金と人脈は生きている。そう時間はかからんよ。それとも、ここで抜けるか？」

武永は安西に銃口を向けた。安西も銃を武永の眉間に向ける。

「俺に道具向けるとは、たいした度胸じゃねえか、おおう」

安西は引き金に指をかけた。

「腐れヤクザの一匹二匹、怖くもない」

「そうかい」

安西が引き金を絞った。

同時に、武永のサブマシンガンが火を噴く。複数の銃弾が安西の腹を抉った。内臓が破裂し、傷口から飛び出る。

武永は平気で立っていた。

「どういうこった……?」

震える安西の手から銃がこぼれる。

「エレベーター内で渡したマガジンに替えただろう? 全部、空砲だ」

「なんだと……?」

安西は腹を押さえ、両膝を落とした。

「おまえも信用できない。ヤクザだからな」

武永はサブマシンガンの銃口を安西の眉間に押し当てた。

「今度は純粋な革命同志を集めて、事に臨むよ。じゃあな」

タンと乾いた音が轟いた。

安西の前頭部が弾け飛んだ。返り血が武永の顔に降りかかる。

武永はサブマシンガンをその場に捨て、ゆっくりとヘリコプターに歩きだした。

背後でドアが開いた。

「武永!」

瀧川が声を張った。ローターの風切音も凌駕する怒りに満ちた声だ。後ろから藪野と白瀬も飛び出してくる。

藪野は倒れている安西に駆け寄った。

「仲間割れか? にしても、ひでえな」

「仲間などではない。使えなかった駒だ」

背を向けたまま答える。

「あんた、何人殺しゃあ気が済むんだい。小野喜明をやったのも、あんただろ?」

白瀬が問う。

「小野? ああ、かつて私と行動を共にしたことがある宗弘の息子か。あいつはくだらない人間だったなあ。三流新聞の記者風情で、私の計画を阻止しようとした。革命の何たるかをまるで理解しない男だった。かつての同志の息子があんな馬鹿ではかわいそうだったよ。まあ、宗弘もたいした活動家ではなかったから、蛙の子ではあるがな」

武永は笑った。

「何がおかしい！　こっちを向け！」

瀧川が銃口を向ける。

武永は両手を挙げて、振り返った。右手には小さなスイッチを持っている。

「心配するな。逃げる気はない。計画がうまくいけば、日本中を刷新するような革命も起こせたが、いずれどこかでほころびが出るだろうとは思っていた」

「何をする気だ？」

瀧川が睨む。白瀬と藪野も銃を構えていた。

「計画が頓挫した場合、せめて、未来のゴミくらいは処分しておきたいと思っていた。君たちのことだよ。時の政府に命じられるまま有益な人物を排除し、国を衰退させても何も感じない愚かな者ども。ここにいる程度の人数を処分したところで、たいした掃除にもならんが、少しでも減らした方がいい。セレブを気取っている金の亡者たちもな」

武永の親指が動く。

三人は一斉に引き金を引いた。数発の銃声が闇夜にこだまする。

胸元に銃弾を浴びた武永がゆっくりと仰向けに倒れていく。その途中、武永はスイッチを握り締めた。

「しまった！」

藪野が駆け寄り、武永の手からスイッチを奪おうとした。

瞬間、地下から爆発音が響いた。建物が揺れる。爆発音は二度、三度と繰り返し、徐々に上の階へ上がってくる。

異常な揺れを感じたヘリコプターの操縦士が、離陸しようとしていた。

「まずい！　走れ！」

藪野が言った。ヘリコプターに向かって猛ダッシュする。瀧川と白瀬も銃を投げ捨て、必死に走った。

浮かんだヘリコプターに藪野が飛び乗った。白瀬に続き、瀧川も飛び乗る。

「浮上しろ！」

藪野が怒鳴る。

操縦士は垂直に急浮上した。

その時、ビルの上階のガラス壁が吹き飛んだ。四方に炎をまき散らし、十階、十一階と上階を次々と破壊する。

そして、最上階が吹き飛んだ瞬間、火柱が上がった。

ヘリコプターが爆風に煽られて揺れる。

シートに座ろうとしていた瀧川が尻を落とした。傾いて後転し、外に投げ出される。

「瀧川君！」

白瀬の叫びが聞こえた。

瀧川の体が宙に浮いていた。回転する景色がコマ送りのようにゆっくりと映る。

死ぬのか……？

こんな死に方もあるのか？

体が下降し始めた。ヘリコプターのスキッドも見えないので、つかむこともできない。

囚われても、必死に生にしがみつき、何度となく脱出した。銃撃戦も潜り抜けた。爆破も回避した。

しかし、最後は助かったと思った矢先に転がり落ちて死ぬのか――。

瀧川の顔に笑みが滲んだ。

無様な死に方だな。けど、いろんな人を嵌め、裏切ってきた人間の報いなのだろう。

自分に似合いの死に様だ。

綾子と遙香の顔が浮かんだ。

こんなことなら、籍を入れてやればよかった。そうすれば、いくらかは綾子たちの懐に入った。父が警察官で殉職したとなれば、遙香も今後、生きやすかっただろう。

すまなかったな、綾子、遙香……。

瀧川は目を閉じ、自らの運命に身を預けた。

エピローグ

神子島のアノンGHD本社屋は、一夜にして、灰となった。

建物内にいたレセプション参加者、公安部員、安西の部下、アノンGHDの社員らにも大勢の死傷者が出た。

ニュースでは、なんらかの原因で地下にガスだまりができ、それに引火して爆発したという事故として扱われていた。

むろん、警察当局が発表、リークした虚偽の情報だった。

全容を表に出すことはできなかった。

島を一つ占拠する形で、武器製造とテロの準備が行なわれていたという情報が世に拡散すれば、必ず真似る者が出てくる。

特に、現代のSNS社会では、センセーショナルな部分だけが拡散し、啓蒙されることもある。

当局としては、そうした芽は摘んでおきたかった。

また、裏レセプションに参加していた人物たちに政財界の重鎮が含まれていたことも関係した。

すべてが公になれば、政界は間違いなく混乱し、日本の経済界にも打撃を与える。

ただのテロリストの犯行であれば、まだ公表もできるが、武永自身が、日本を牽引する経済界のリーダーの一人であったがため、極左思想の持ち主が資本家を装っているとなれば、日本の経済界自体が西側諸国からの信頼を失うことになりかねない。

それは経済だけにあらず、国防にとっても由々しき事態を招く。

様々な関係各所からの要望で、事実は覆い隠されることとなった。

後日、小野喜明の取材ノートが、実家から発見された。

喜明は自室の床板を剥がし、その下にびっしりと取材ノートを敷き詰めていた。

ただそれも、世に出ることはなく、公安の参考資料としてデジタル化された後、焼却処分された。

小野一家や日向たちも内々に処分された。アノンGHDの幹部も拘束され、今も厳しい取り調べを受けている。

梶原もその一人だ。梶原が拘束されている間、公安部は約束通り、母親の面倒を金銭面で支えていた。

旧西比良組の組員で、警備会社に関係した者の多くは、神子島で命を落とした。富安も爆破に巻き込まれ、遺体で発見された。生き残った者は公安部に一網打尽にされた。

壊れた建物の支柱から、白骨化した小野喜明の遺体も発見された。ただ、その事実も伏せられ、身元不明の遺体として処理された。

公安部は、今回の件を受け、再度、非公然活動家の洗い出しに躍起になっていた。

神子島から命からがら脱出した藪野と白瀬は、すでに現場復帰し、新たな任務に就いている。

綾子は、日々の仕事と生活を続けながら、ミスター珍で瀧川の帰りを待っていた。

時々、舟田に、それとなく瀧川の安否を聞いていた。

しかし、今回は、舟田も瀧川の行動を把握できていないという。

不安だった。

舟田でも把握できない任務とはどのようなものなのか、想像するだけでも恐ろしい。

無事を信じたいが、一日、また一日と音信不通の時が過ぎるたび、あらぬ想像が脳裏に膨らむ。

その日、書店勤務が休みだった綾子は、ミスター珍を手伝っていた。

午後二時を回り、昼食客も一段落した頃、背の高いすらりとした男性が入ってきた。

「いらっしゃいませ」

綾子は笑顔を向けた。

「まだ、大丈夫ですか？」

「はい。どうぞ」

綾子が言う。

男は一番奥の席に座った。綾子が水を持っていく。

「何にしましょう？」

「唐揚げ定食ください」

「はい。唐揚げ定食一丁」

「あいよ！」

小郷泰江の明るい声が響く。

十分ほどで唐揚げ定食が出てきた。

男はさっそく唐揚げをかじった。

「うん、うまい！　聞いてた通りだ」

つぶやく。

隣のテーブルを拭いていた綾子が手を止め、男に話しかけた。

「どなたからか、お聞きになって、うちにいらしたんですか？」

「ええ、友人から聞いてきました。特に、ここの唐揚げ定食はおいしいと言ってましてね。一度食べてみたいと思っていたんですよ」

「そうですか。ご友人は、このあたりの方ですか？」

「近くに住んでいたようですね」

「そうなんですか。じゃあ、顔見知りかもしれないですね」

綾子が言うと、男はスマートフォンを取り出した。画面に何かを表示する。

「こいつなんですけど」

綾子に見せる。

途端、綾子が息を詰めた。

そこには瀧川の顔が映っていた。

男はすぐ、メッセージを表示した。

〝知り合い程度のふりをしてください〟

「ああ、何度かお見かけしたことがあります」

「よかった。知らないと言われたら、あいつ、しょげるでしょうから」

男が笑う。

「あの、その方、お元気ですか?」

綾子は我慢できずに訊いた。

「ええ。忙しいようですけどね」

また、スマホにメッセージを表示する。

〝隣の椅子に封筒を置いておきますので、一人で中を見てください。他の人には見せない

ように〃

男は前屈みで食べながら、上着の内ポケットから封筒を出し、隣の椅子に置いた。

レンゲを落とす。

「あ、すみません」

「いいんですよ」

綾子はレンゲを拾いながら、封筒をジーンズの前ポケットにねじ込んだ。

男は一気に定食を食べ、立ち上がった。

「おいしかったです」

レジで金を払い、店を出る。

綾子は男を見送ると、泰江に休憩を告げ、自室に戻った。

さっそく、封筒の中を見た。

USBメモリーと便箋、他に一枚の薄い紙が入っている。

便箋を取り出した。

USBメモリーに入っている動画を見てほしいと書かれている。几帳面な字は瀧川のものだった。

ノートパソコンを起ち上げ、USBメモリーを差す。中には動画ファイルが入っていた。

イヤホンを付け、動画を再生する。

綾子は口を右手のひらで塞いだ。

「達也君……」

涙がこぼれる。

瀧川は病院にいた。右脚にギプスをされ、吊るされている。顔や体にも包帯が巻かれていた。

音声が流れてくる。

──綾子、心配かけてすまない。任務中にケガをして、治療中なんだ。

瀧川が語る。

宙に浮いて死を覚悟した時、白瀬が腕を伸ばして、右脚をつかんだ。白瀬は手が離れないよう、降下用のワイヤーを瀧川の右脚に巻きつけた。

しかし、そのせいで、脚の付け根を脱臼し、大腿骨を骨折した。

──任務は終わったが、治療を終えるまで家に帰れない。病院も教えられない。ただ、こうして生きているから心配しないでくれ。

瀧川が笑う。

「生きてるからって……」

鼻声でつぶやく。

──今回、正直なことを言うと、死にかけた。その時、綾子と遥香のことが頭によぎった。こんな死に方をするなら、綾子たちと家族でいたかったと心底思ったんだ。

「死にかけたって……」

また、涙があふれる。

――だから、こんな形で言うのもなんだと思ったんだけど、少しでも早く言っておきたくて、仲間にこれを届けてもらった。

瀧川の話に、綾子はうなずいた。

瀧川は顔を起こして、まっすぐカメラを見つめた。そして、言った。

――綾子、結婚してくれ。

綾子は目を見開いた。

――婚姻届けを入れておいた。俺の署名捺印はしてある。

瀧川が言う。

綾子は封筒の中に残った薄い紙を出した。

瀧川の言葉通り、婚姻届が入っていた。署名捺印もしてある。

――綾子が受けてくれるなら、舟田さんにそれを伝えてくれればいい。必要な書類は舟田さんに渡すから。証人はおばちゃんと舟田さんにお願いしてくれ。で、全部揃ったら、舟田さんを代理人に立てるので、一緒に三鷹市役所に届けてほしい。一方的に進めたけど、一日も早く、家族になりたいと思ったんで、こういう形を取らせてもらった。姓はどっちでもいい。遙香ちゃんに訊いて決めてくれればいいから。じゃあ、回復したら必ず戻るから、待っていて。

動画は瀧川の笑顔で終わった。

「こんなこと、病室から言うことじゃないよ」

ふくれっ面した綾子の顔はすぐ笑顔になる。

手にした婚姻届の端に、涙の粒が落ちて染みた。

・初出「小説推理」二〇二〇年一二月号〜二〇二一年一二月号

双葉文庫

や-30-05

警視庁公安0課《けいしちょうこうあんぜろか》 カミカゼ

神島幻影《かみしまげんえい》

2022年6月19日 第1刷発行

【著者】

矢月秀作《やづきしゅうさく》

©Shusaku Yazuki 2022

【発行者】

箕浦克史

【発行所】

株式会社双葉社

〒162-8540 東京都新宿区東五軒町3番28号

[電話] 03-5261-4818(営業部) 03-5261-4831(編集部)

www.futabasha.co.jp (双葉社の書籍・コミックが買えます)

【印刷所】

大日本印刷株式会社

【製本所】

大日本印刷株式会社

【カバー印刷】

株式会社久栄社

【DTP】

株式会社ビーワークス

【フォーマット・デザイン】

日下潤一

落丁・乱丁の場合は送料双葉社負担でお取り替えいたします。「製作部」宛にお送りください。ただし、古書店で購入したものについてはお取り替えできません。[電話] 03-5261-4822 (製作部)

定価はカバーに表示してあります。本書のコピー、スキャン、デジタル化等の無断複製・転載は著作権法上での例外を除き禁じられています。本書を代行業者等の第三者に依頼してスキャンやデジタル化することは、たとえ個人や家庭内での利用でも著作権法違反です。

ISBN978-4-575-52575-5 C0193

Printed in Japan